"绿野仙踪"系列

奥兹国的碎布姑娘

〔美〕弗兰克·鲍姆 / 著

林文华 / 译

人民文学出版社

PEOPLE'S LITERATURE PUBLISHING HOUSE

图书在版编目（CIP）数据

奥兹国的碎布姑娘 ／（美）弗兰克·鲍姆著 ；林文
华译 . －－ 北京：人民文学出版社，2020
（"绿野仙踪"系列）
ISBN 978-7-02-014373-3

Ⅰ．①奥… Ⅱ．①弗… ②林… Ⅲ．①儿童小说－长
篇小说－美国－近代 Ⅳ．① I712.84

中国版本图书馆 CIP 数据核字 (2018) 第 127342 号

责任编辑	朱卫净 张玉贞 汤 淼	
装帧设计	高静芳	
出版发行	人民文学出版社	
社　址	北京市朝内大街 166 号	
邮政编码	100705	
网　址	http://www.rw-cn.com	
印　制	杭州钱江彩色印务有限公司	
经　销	全国新华书店等	
字　数	170 千字	
开　本	890 毫米 × 1240 毫米 1/32	
印　张	9.75	
版　次	2020 年 4 月北京第 1 版	
印　次	2020 年 4 月第 1 次印刷	
书　号	978-7-02-014373-3	
定　价	55.00 元	

如有印装质量问题，请与本社图书销售中心调换。电话：010-65233595

Contents 目录

第一章

鸡笼里的小女孩

"黄油在哪儿呀，南奇叔叔？"奥乔问道。

叔叔正望着窗外，捋着长长的胡须。他转过身，对这位芒奇金男孩摇摇头，说道："没有了。"

"黄油没有了？太糟糕啦，叔叔。那果酱在哪儿呢？"奥乔问道。他爬上一张凳子，想把柜子的各层搜个遍。南奇叔叔再次摇了摇头。

"也没有了。"他说。

"果酱也没有啦？没有蛋糕——没有果冻——没有苹果——除了面包什么都没了吗？"

"什么都没有了。"叔叔说道。他再次捋了捋胡

须，凝神地望着窗外。

小男孩搬过凳子，在叔叔身边坐下，慢慢地、费力地咀嚼着干硬的面包，同时又像在思考着什么。

"我们院子里除了那棵面包树外什么都没有了，"他若有所思地说道，"面包树上只结了两只面包，而且还没熟呢。叔叔，我们为什么会这么穷呢？"

老芒奇金转过身，望着奥乔。他目光慈祥，但总是一脸严肃，因而小男孩已不记得南奇叔叔的脸上是否还有过其他的表情。除非万不得已，叔叔不愿多说一个字。这位和他相依为命的小侄子早已习惯了他的只言片语，哪怕他只说一个字，也能明白他的意思。

“我们为什么这么穷呢，叔叔？”小男孩再次问道。

“我们不穷啊。”老芒奇金说道。

“我觉得我们很穷，”奥乔大声地说，“我们有什么呢？”

“房子。”南奇叔叔说。

“这我知道，可是奥兹国的人都有房子住呀。还有什么呢，叔叔？”

“面包。”

“我吃的是最后一只熟面包了。你看，叔叔，我给你留了一份，我把它放在了桌子上。你饿的话就可以吃。但吃完了这只，我们还能吃什么呢，叔叔？”

老人在椅子里动了下身子，还是没有开口，只是摇了摇头。

“当然，”见叔叔不做声，奥乔只好接着说道，“奥兹国里不会有人挨饿的，每个人都吃得饱饱的。不过，如果觉得所待的地方不怎么样的话，就应该去一个适合自己的地方。”

老芒奇金又在椅子里扭动了一下身子，双眼紧盯着自己的小侄子，仿佛已被他的这番话所打动。

“明天早上我们必须离开这里，”小男孩继续说道，“去一个能有东西吃的地方，不然肚子饿得咕咕叫，会很难受的。”

“去哪里呢？”叔叔问。

“去哪里呢？其实我也不知道，”奥乔回答说，“你应该知道啊，叔叔。你这么大年纪了，年轻时肯定去过不少地方。我可什么都不记得，因为打我记事以来我们就一直住在这孤零零的圆形屋子里，后面是个小花园，周围是茂密的树林。亲爱的叔叔，在这么大的奥兹国里，我只见过南边的那座大山，听说那里住着锤头人——他们是不允许外人进入的——还有北边的那座大山，听说那里连一户人家都没有。"

"有一户人家的。"叔叔大声纠正道。

"噢，是的，听说是有户人家住在那里，那位叫皮普特博士的驼背巫师和他的老婆玛格洛特。有一年你曾跟我讲过他们的事，可你用了整整一年的时间，才跟我讲了我刚才说的那几句话。他们住在高高的山上，山对面就是富饶的芒奇金国，到处长满鲜美的花果。可是，你我却孤零零地生活在这森林深处，难道不觉得奇怪吗？"

"是的。"叔叔说道。

"那我们就离开这里到芒奇金国去吧，看看那里欢乐开朗、和蔼可亲的人们。南奇叔叔，我真想离开这片林子，看看外面的新世界。"

"你还太小。"叔叔说道。

"哎呀，我可不小啦，"小男孩认真说道，"叔叔，穿越森林时，你能走多远我就能走多远，你能走多快我也能走多快。我们

的后院里已没有什么可吃的了，我们必须去一个有东西吃的地方。"

一时间南奇叔叔没有做声。他关上窗子，将椅子转过来对着房间，因为此时太阳已从树梢落下，天气也越发冷了起来。

不一会儿，奥乔生好了火，木柴在大壁炉里熊熊燃烧，发出温暖的光亮。两人在火光中坐了好大一会儿——一位胡须花白的老芒奇金和一位小男孩。他们各自想着心事。屋外已是漆黑一片。奥乔说道：

"把面包吃了吧，叔叔。该上床睡觉了。"

可是，南奇叔叔没有吃面包，也没有上床睡觉。小侄子躺在房间一角，甜甜地进入了梦乡。好久以后，老人还是坐在壁炉旁沉思着。

第二章

驼背巫师

第二天早晨天刚蒙蒙亮，南奇叔叔用手轻抚了一下奥乔的脑袋，将他叫醒。

"出发啦。"他说道。

奥乔立刻起身，迅速穿戴起来：一双蓝色丝袜、一条有金搭扣的蓝色短裤、一件打褶的蓝背心和一件饰有金穗带的宝蓝色外套。他脚蹬一双蓝皮鞋，尖尖的鞋头向上翘起；头戴一顶尖顶花冠帽，帽檐扁平，但点缀着一圈金色的小铃铛，稍一晃动，便丁当作响。这是奥兹国芒奇金国人的民族服装，因而，

南奇叔叔的穿着打扮和侄子的大体相同，可他穿的不是皮鞋，而是一双靴帮顶部向外翻折的靴子，蓝色上衣的宽大袖口上饰有金穗带。

发现叔叔并没吃面包，小男孩便以为他不饿，可奥乔正饿着呢，于是，他把桌上的面包掰成两半，把自己的那一半当早饭，和着清凉的溪水吞进了肚子里。叔叔把另一半面包放进自己的外衣口袋中，一边朝门外走去，一边又一次说道："出发啦。"

奥乔欣喜若狂。长期孤零零地生活在这森林里，他真的是厌烦至极，多想走出去，看看外面的世界啊。生活在这美丽的奥兹国，对其进行一番探险，这是他一直以来的愿望。待两人来到屋外，叔叔便简单地闩上门，然后踩着小路向前走去。他们不在时，即便有人来到这森林深处，也不会贸然进犯他们的小屋。

芒奇金国和吉利金国之间隔着一座山，小路在山脚下分岔，一边朝左，一边朝右，朝右的岔路直通山上。南奇叔叔走上朝右的岔路，奥乔一声不响，紧随其后。他知道这条路通往驼背巫师的家。驼背巫师是他们最近的邻居，但奥乔从未见过他。

整个上午，他们步履艰难地行走在山路上。中午时分，叔叔和奥乔在一棵倒下的树干上坐下。老芒奇金从口袋里掏出那最后半块面包，和侄子一起吃了起来。吃罢面包，两人再次上路。两小时后，他们眼前终于出现了皮普特博士家的房子。

　　和所有芒奇金人的房子一样，那是间圆形的大房子，墙面被漆成蓝色。蓝色是奥兹国芒奇金国的特有标志。房子周围是个美丽的花园，满眼尽是蓝色的树和蓝色的花，还有一片片的菜圃，里面长满蓝色的卷心菜、蓝色的胡萝卜和蓝色的莴苣，吃起来一定鲜美可口。皮普特博士的花园里还长着许多面包树、蛋糕树和结满奶油泡芙的矮树丛，还有能产出上等蓝色黄油的蓝色金凤花和一排排能结出焦糖味巧克力的植物。菜圃和花圃之间是一条条蓝色的石子小路，其中一条较宽的石子路直通房子的前门。房子和花园坐落在山上的一个空地上，但不远处有一片黑压压的森林，把房子和花园团团围住。

　　叔叔上前敲了下门，开门的是位妇人，胖胖的，但和蔼可亲，一身蓝色衣衫。只见她满脸微笑，和两位不速之客打着招呼。

　　"啊，"奥乔说，"您一定是玛格洛特夫人，皮普特博士的太太吧。"

　　"是的，亲爱的孩子，欢迎你们的到来。"

　　"夫人，我们可以见见大名鼎鼎的巫师先生吗?"

　　"他现在正忙着呢，"她说，同时疑惑地摇了摇头，"你们先进屋吃点东西吧。来到我们这个偏僻的地方，你们一定走了不少的路吧。"

“是的，”奥乔回答说，一边和叔叔一起进了屋子，“可我们住的地方比这儿还要偏僻呢。”

“还要偏僻！是在芒奇金国吗？”她惊奇地大叫起来，“那一定是在蓝森林一带了。”

“是的，亲爱的玛格洛特夫人。”

“呵！哎呀！”她看着老人说道，“你一定就是传说中的寡言人南奇叔叔了。”她又看向小男孩，继续说道，“那你一定就是不幸儿奥乔啦。”

“是的。”叔叔说。

“我可不知道自己还有不幸儿这个名字啊，”奥乔说，一脸的严肃，“可这还真是名副其实呢。”

“嗯，”夫人一边说，一边在屋子里忙碌起来，她摆开桌子，从橱柜中拿出食物，“你孤零零地生活在那索然无味、比我们这儿还要糟糕的森林中，真的是很不幸的；但是你现在离开了那儿，说不定就时来运转了呢。在你四处游历时，如果能去掉名字前的‘不’字，成为幸运儿奥乔，那可是一大好转啊。”

“玛格洛特夫人，我怎样才能去掉那个‘不’字呢？”

“这个嘛，我也不知道。但你必须记住此事，也许机会真的会来临呢。”她回答说。

奥乔从未吃过如此的美味佳肴：一盆热气腾腾、美味可口的炖汤，一碟蓝豆，一大杯浅蓝色的甜牛奶，外加一个有蓝色梅子肉的蓝色布丁。待两位客人吃饱喝足后，夫人对他们说：

"你们想见皮普特博士，是有事专程而来，还是只是随便玩玩呢？"

南奇叔叔摇了摇头。

"我们只是想出去游玩一下，"奥乔回答说，"路过你家，就想着来歇歇脚，恢复一下体力。我想，南奇叔叔不一定非要见鼎鼎有名的驼背巫师，可我非常想见一见这位了不起的大巫师。"

夫人若有所思。

"我记得多年以前南奇叔叔和我丈夫就是好朋友了，"她说，"所以，再次相见，他们一定会很高兴的。我刚才说过，巫师现在很忙，不过，如果你们答应不打扰他的话，可以到他的修炼房去看看，他正在修炼一种神奇的法术呢。"

"太感谢你了，"小男孩高兴地回答说，"我保证不打扰他。"

于是，她领着二位来到后屋的一个圆顶大厅，这里是巫师的修炼房。绕房间一圈是一连串的窗户，所以房内很是明亮。除一扇通往前屋的门外，还有一扇后门。窗户前有一张宽大的座椅，除此之外，还有几张椅子和长凳。房间一端有一个大壁炉，炉内一块蓝色的木柴正在熊熊燃烧，闪烁着蓝色的火焰，火焰上方并排吊着四只水罐，罐里的水正在沸腾，不停地冒着水泡。巫师同

时搅拌着四只水罐，两只用手，两只用脚。双脚上各绑着一把长柄勺。由于是驼背的缘故吧，他的双腿居然和双臂一样麻利。

南奇叔叔走上前和老朋友打招呼，巫师的手脚正忙着呢，不能跟他握手，南奇叔叔只得拍拍巫师的秃脑袋，问道："可好啊？"

"啊，是寡言人呐，"皮普特博士头也不抬地说，"一定想知道我在炼什么吧？嗯，待我大功告成时，这罐里的东西就是非凡的生命之粉了。除了我，没有人知道提炼它的秘方。不管什么东西，只要撒上这种粉末，立刻就能获得生命。为了提炼这神奇之粉，我可花了好几年的心血。此时此刻，我可以高兴地说，我马上就要成功啦。知道吗？我可是为了我的贤妻玛格洛特才炼制的，她说要派大用场呢。请随便坐吧，南奇叔叔，等我完工后我们再好好聊聊。"

大家在窗边宽大的椅子上坐定后，玛格洛特说："不瞒你说，我那傻乎乎的丈夫把他第一次炼成的生命之粉送给了老巫婆姆比，她以前就住在北面的吉利金国。她拿一种不老粉换博士的生命之粉，可这恶毒的巫婆欺骗了博士，什么不老粉，根本就没什么神奇效果。"

"生命之粉也许也没那么神奇吧。"奥乔说道。

"不，它可神奇啦，"她大声说道，"粉末炼成后，我们就用家里的那只玻璃猫做实验，结果那玻璃猫不仅获得了生命，而且还一直活到现在。它现在应该就在这屋子周围吧。"

"玻璃猫！"奥乔惊讶地大叫起来。

"是呀，自从有了它，我就不再寂寞了。可这猫很是高傲，不愿意捉老鼠，"玛格洛特解释道，"我丈夫给猫儿装了粉红色的脑子，这是种特异功能。结果表明，这对猫儿来说太高级了，因

而它觉得抓老鼠有损它的尊严。它还有一颗血红血红的心，是用宝石做成的——我想是颗红宝石吧——因此它非常高傲无情。我在想，巫师做下一只玻璃猫的时候就不要再安装脑子或心了，这样的话，它就会愿意捉老鼠，对我们也就有用了。"

"老巫婆姆比用你丈夫给的生命之粉干什么了呢?"小男孩问道。

"她先是救活了南瓜头杰克，"夫人回答说，"我想你们听说过南瓜头杰克吧。他现在就住在翡翠城附近，深得奥兹国女王，即奥兹玛公主的喜爱。"

"不，我从没听说过他，"奥乔说，"看来我太不了解奥兹国了。你知道，我一直跟南奇叔叔生活在一起，他又是个寡言人，除他之外就没有别的人给我讲外面的事情了。"

"所以你是不幸儿奥乔啊，"夫人同情地说道，"一个人知道得越多，他就越幸运，因为知识是人生最大的财富。"

"请告诉我，对皮普特博士新炼制出的生命之粉，你将派什么用场呢?他说你有自己的用途?"

"是的，"她回答说，"我想让我的碎布姑娘获得生命。"

"噢!碎布姑娘!那是什么呀?"奥乔问道，他觉得这听上去比玻璃猫更加奇怪和不同寻常。

见小男孩吃惊的样子，玛格洛特笑道:"我还是给你看看我的碎布姑娘吧，这可不是一两句话就能讲清楚的。是这样的，多年来我一直希望能有个仆人帮我做些家务事，烧个饭、洗个碗什么的，可这个地方如此偏僻荒凉，没人愿意到这里来。于是，我那聪明的丈夫——驼背巫师——建议我用一些布料做个布娃娃，他再撒上生命之粉，布娃娃就能获得生命了。这似乎是个不错的主意。皮普特博士马上动手炼制新的魔法粉。他这一干需要很长时间，我也就有足够的时间来做出一个小姑娘。可是说起来容易做起来难。一开始我不知道用什么东西来做，可是在一次翻箱子的时候，我无意中看到了一个旧的拼布被套，那是我奶奶年轻的时候缝制的。"

"什么是拼布被套？"奥乔问。

"就是用不同材料和不同颜色的小布块缝缀而成的被套。碎布的形状和大小不一，所以缝缀起来的被套色彩绚丽，很是好看。这种被套有时也叫'百纳被'，因为它就是用五颜六色的碎布拼缝起来的。尽管很漂亮，我们从未用过奶奶的拼布被套，因为除蓝色外，我们芒奇金人从不喜欢其他的颜色。所以近一百年来，这被套一直被收藏在箱子里。当我发现它的时候，就觉得正好可以用来做个女佣，因为就算获得了生命，她也不会像玻璃猫那样傲慢自大的。这些杂七杂八的颜色不会给她增添光彩，哪像芒奇金人，身穿蓝色的衣服，那才显得尊贵呢。"

"只有蓝色才是尊贵的颜色吗？"奥乔问道。

　　"是的，对每一个芒奇金人来说，就是这样的。知道吗？在我们芒奇金国，到处都是蓝色。但是在奥兹国的其他地方，人们喜欢不同的颜色。在奥兹玛公主所住的翡翠城里，人们喜欢的是绿色，而我们芒奇金人更喜欢蓝色。当我的女佣获得生命后发现自己满身都是不受欢迎的颜色时，就不敢造次无礼了。当仆人和主人显得一样尊贵时，他们就会肆无忌惮的。"

南奇叔叔认同地点了下头。

"真是妙语啊。"他说。对南奇叔叔而言，那已算得上是长篇大论了，因为他说了五个字。

"所以我把被套剪开，"玛格洛特继续说道，"做了一个模样非常俊俏的布姑娘，里面塞满棉絮。让你看看我的杰作吧。"她走到一个大橱柜前，打开橱门。

回来时，她怀里费劲地抱着一个碎布姑娘。她把姑娘放在长凳上，并用双手扶住，以免她翻滚落地。

第三章

碎布姑娘

奥乔很是好奇，仔细打量着这个制作精巧
的新玩意儿。站直时，碎布姑娘的个头比奥乔
还要高。由于棉絮被塞得恰到好处，她的体
型圆圆的，很丰满。玛格洛特先用拼布
被套做好姑娘的身体轮廓，然后
给她穿上一条拼布花裙，围上一条
有口袋的围裙——所有这些都是用五
颜六色的碎布做成的。她又在姑娘的
脚上缝制了一双尖头红皮鞋。姑娘
双手的十指做得很精细，也被填
塞了棉絮，然后在边缘处缝合好。
十个指尖上镶有金片，算是指甲。

  "只要她获得生命，就可以干活

17

了。”玛格洛特说。

最稀奇的要算碎布姑娘的头了。在等待丈夫炼制生命之粉期间，夫人有足够的时间按照自己的想象设计姑娘的脑袋。她知道，优秀的仆人取决于她的脑袋瓜。于是，她用棕色纱线做头发，编成几条辫子，整齐地垂在肩膀上；又从丈夫的旧裤子上剪下两粒银色的背带纽扣，用黑线把它们缝在眼睛部位，而黑线就成了两个瞳孔。至于耳朵，玛格洛特真是煞费苦心，迟迟没有下手，因为要让女佣听清楚她的指令，耳朵是何等重要。最后，她找来两片金片，中间打上孔，用线把它们缝在耳朵的部位。金子在奥兹国并不是什么稀罕物，因柔韧度好，所以用途很广。

夫人在碎布姑娘的嘴巴部位剪开一个口子，在里面缝上两排洁白的珍珠，当作牙齿，又用一条红色绒布充当舌头。奥乔夸这嘴巴很有美感，非常逼真。听到奥乔的赞美，玛格洛特心里美滋滋的。可严格说起来，碎布姑娘并不算漂亮，毕竟她的脸是用太多的碎布拼接起来的，一个脸颊黄，一个脸颊红，下巴为蓝色，前额为紫色，中间部位塞上棉絮作鼻子，而且还是个亮黄色的鼻子。

“你应该把她的脸做成粉红色。”小男孩建议道。

“我也这么想过，可我没有粉红色的布料，”夫人回答说，“再说了，我觉得这没什么大不了的，因为我需要的是能干活的碎布姑娘，而不是什么摆设。如果哪一天我看腻了她这张大花脸，用石灰水把它涂成白色也未尝不可呀。"

"她有脑子吗？"奥乔问道。

"没有。这事我还真给忘了！"夫人大声说道，"谢谢你提醒了我，不过为时不晚。在她获得生命之前，我想让她怎么样就能怎么样。可我要小心点，不能给她太多的脑子，得按照她今后实际生活中的身份和需要来给予，也就是说，她的脑子不能太好。"

"错。"南奇叔叔说。

"错不了。我相信这一点自己绝对不会犯错的。"夫人反驳说。

"叔叔的意思是，"奥乔解释说，"你仆人的脑袋一定要聪明，否则她理解不了你的意思，就不能按你的要求做好事情了。"

"嗯，这话倒是有点道理，"玛格洛特赞同道，"可是，话说回来，仆人要是太聪明了就会不听话，就会趾高气扬，忘乎所以。还是那句话，我必须谨慎处之，给她的脑子必须恰到好处。我不要她懂太多，基本常识就可以了。"

话音刚落，她便来到另一个橱柜前，里面架满了搁板，每层搁板上排满蓝色的玻璃瓶子。巫师给每个瓶子贴上了标签，上面写着瓶内所装的东西。其中一层搁板上写着一个总标签——"大脑类"，而搁板上的瓶子上分别写着"听话""聪明""判断力""胆

量""创造性""和善""学识""诚实""诗意""自信"等字样。

"让我想想,"玛格洛特说,"在这些品质中,她最先具备的应当是'听话'。"她取下贴有"听话"标签的瓶子,把里面的东西往一只盘子里倒了一点。"'和善'和'诚实'也是必不可少的。"她从那两个瓶子里也分别倒了一点东西在盘子里。"嗯,可以了,"她说道,"其他品质仆人是不必有的。"

和奥乔一起站在一旁的南奇叔叔碰了下标有"聪明"字样的瓶子。

"一点儿。"他说。

"你是说加一点'聪明'吗?好吧,也许你是对的,先生。"她说。她刚要伸手拿瓶子,只听壁炉旁传来驼背巫师兴奋激昂的叫喊声。

"快过来,玛格洛特!过来帮我一下。"

她即刻奔到丈夫身旁,帮着他一起从火上提下那四只水罐。罐里的水已全部蒸发掉,留在罐底的是一些细微的白色粉末。巫师小心翼翼地刮下粉末,将它们放在一只金色的盘子里,然后用一把金匙子将它们拢合在一起。总共也就那么一把。

"你们看,"皮普特博士用胜利者的口吻兴奋地说道,"这就是神奇的生命之粉,世上只有我一人才能炼制出来。就这么点儿珍贵的粉末,可几乎花了我六年的时间。别看就盘子里这么一丁

21

点儿，它可抵得上整个王国呐，许多国王都愿意用自己的一切来换取这丁点儿的粉末。等凉透后，就把它们装进一只小瓶子里。不过我现在得看着点儿，以免一阵风来把它们吹掉了。"

就在南奇叔叔、玛格洛特和巫师在那里一边观赏着神奇的粉末，一边惊叹不已的时候，奥乔却对碎布姑娘的脑子产生了浓厚的兴趣。他觉得，硬是让她失去一些好的品质，这样做未免有失公正，也太残忍了。于是，他取下隔板上的每一只瓶子，将里面的东西分别倒了些在玛格洛特的盘子里。没有人注意到他的这一举动，因为大家都在兴致勃勃地观赏着生命之粉。夫人突然想起了刚才的事，于是回到了橱柜前。

“你看啊，”她说，“我刚才正要给小姑娘加点‘聪明’呢。这是博士用来替代‘智慧’的，因为他还不知道如何制造‘智慧’。”她取下标有“聪明”的瓶子，往盘子里加了点粉末。奥乔见后立感不安，因为他已经往盘子里倒了相当多的“聪明”粉末了，可他又不敢阻拦，只好默默安慰自己：人当然是越聪明越好啰。

玛格洛特把装有脑子配料的盘子端到长凳上。她拆开小姑娘脑门上的接缝，倒入粉末，然后缝合好，针脚跟原先一样整齐而稠密。

“亲爱的，我的小姑娘已准备完毕，就等你的生命之粉了。”她对丈夫说。巫师回答道：

“明天早晨之后才能用这新炼制的生命之粉。不过已冷却了，可以装在瓶子里了。”

他挑选了一只小的金瓶子，盖子像胡椒瓶的一样，这样粉末就可以通过小孔撒落到任何东西上。他小心翼翼地将生命之粉装入小金瓶，然后把它锁进了自己柜子的抽屉里。

“好啦，”他兴高采烈地搓着手，说道，“我终于有时间和老朋友南奇叔叔说会儿话了。坐吧，这样惬意些，也可以聊得开心些。那四只水罐，我可是搅拌了六年呐，现在总算可以歇会儿啦。”

“恐怕主要还是听你说吧，”奥乔说道，“叔叔是有名的寡言人，惜字如金的。”

“我当然知道，正因如此，你叔叔才是一位令人愿意结交的好朋友啊，”皮普特博士说，“很多人都喜欢喋喋不休。所以能跟一位话不多的人做朋友，那才真叫舒心呢。”

奥乔好奇地看着巫师，敬畏之心油然而生。

“你的背驼成这样，难道不觉得烦人吗？”他问道。

“不觉得，我反而为自己的外表感到自豪呢，”博士回答说，“我想全世界只有一位像我这样的驼背巫师。有些巫师外表虽然挺直，可常被指责心术不正，我外表虽如此，可为人正直啊。”

他的背真是驼得厉害。奥乔感到纳闷，如此的弯腰曲背，他居然还能做那么多的事。当他坐进一张为他定制的弯椅子里时，一个膝盖顶住了他的下巴，另一个膝盖几乎碰到了他的腰部，但他是个乐天派，脸上总是带着开心随和的表情。

“按照规定，我是不能施魔法的。不过，我也只是偶尔消遣一下而已。”博士边说边点燃一个弯柄烟斗，开始抽起烟来，“以前奥兹国有许多人施魔法，为此，我们可爱的奥兹玛公主下了条禁令。我觉得她做得很对。以前有几个邪恶的巫婆，总是兴风作浪，现在可好了，她们再也不能害人了。只有那位了不起的女巫，即善良的葛琳达，才被准许施展魔法，因为她从不伤害人。奥兹国的那个男巫师曾经是个骗子，根本不懂什么法术，现在拜了葛

琳达为师。听说他很用心，已是个相当好的巫师了，但也只是了不起的葛琳达的助手而已。而我呢，给自己的妻子造个女仆或整出只玻璃猫来捕捉老鼠还是可以的。可谁能想到这猫不愿意抓老鼠。至于给别人施魔法，或者以此为职业，那是绝对不允许的。"

"魔法一定是门非常有趣的学问吧?"奥乔说。

"那倒是的，"巫师肯定地说，"我年轻的时候，也有过几次魔法上的壮举，技艺可以跟善良的葛琳达相媲美。比如这生命之粉，还有那个石化液。你看，就在那边窗户架子上的瓶子里装着呢。"

"石化液是派什么用途的呢?"

"任何东西一碰到它，立马就会变成坚硬的石头。这是我的一大发明，用途可大着呢。有一次，森林里窜出两只可怕的凯立达，熊一样的身体，老虎一样的头，就在它们向我们扑过来的时候，我把石化液滴到了它们的身上，它们即刻就变成了石头。它们现在还在我家的花园里当石像

摆着呢。你看这张桌子，是不是像木头做的，原先还真是木头做的呢，可是我在上面撒了几滴石化水后，就变成一张石桌了，永远不会裂开，也不会磨损。"

"妙！"南奇叔叔摇头晃脑，捋着花白的胡子。

"哎呀，你终于开口啦，叔叔。"巫师说道。南奇叔叔的称赞使他心花怒放。就在此时，后门传来一阵爪子抓门的声音，紧接着是一声尖利刺耳的喊叫声：

"让我进去！快点，好吗？让我进去！"

玛格洛特站起身，朝门口走去。

"不能像一只温顺的猫儿那样说话吗？"她说。

"喵——呜！好啦，这下满意了吧，尊敬的殿下？"那个声音嘲弄道。

"嗯，这才像好猫儿说话的样子。"夫人大声说道，同时开了门。

一只猫立刻窜了进来，径直朝屋子中央走去，但一看到陌生人，又立马停了下来。

奥乔和南奇叔叔惊讶地瞪大眼睛，目不转睛地看着那猫。以前可从未见过如此神奇的动物啊——即使是在奥兹国，也不曾有过。

第四章

玻璃猫

这真是一只玻璃猫，全身通透清澈，一眼就能望穿，就像窗玻璃一样。然而，在它的脑颅顶部，有几个聚在一起的粉红色小球，看上去像珠宝。胸腔内有一颗由红宝石做成的心脏，眼睛是两颗很大的绿宝石。除此之外，全身都是透明的玻璃。只是那尾巴是用玻璃丝做成的，非常漂亮。

"咳，皮普特博士，你是否该把我们介绍一下呢？"那猫儿要求道，语气中透着怒气，"我觉得不懂礼貌的是你们吧。"

"对不起，"巫师回答道，"这位

是南奇叔叔，前芒奇金国国王的后裔，在并入奥兹国之前芒奇金国也是个王国。"

"他需要剪发啦。"猫儿一边发表着言论，一边洗着脸。

"是的。"南奇叔叔觉得猫儿很有趣，不禁轻轻笑了一下。

"他在森林深处孤零零地生活了许多年，"巫师解释说，"那是个无法（发）无天的地方，怎么会有理发师呢。"

"那个侏儒又是谁呢?"猫儿问道。

"他可不是侏儒，他是个孩子，"巫师回答说，"你以前从未见过孩子。他现在这么矮小，因为他还没长大。几年以后，他会长大，变得跟南奇叔叔一般高的。"

"哦。那也是魔法吗?"玻璃猫问道。

"是的，不过是大自然的魔法，比人类的任何魔法更为神奇。比方说，我用魔法造出了你，使你获得了生命，可我这是白费力气，因为你根本就派不上用场，还尽给我添麻烦。我也没法让你长大，你永远都是这么大小——永远都是一只粗鲁无礼、强人所难的玻璃猫，有一个粉红色的脑子和一颗红宝石做成的冷酷的心。"

"你把我造了出来，没有谁比我更懊恼的了，"猫儿反驳道，它坐在地板上，慢慢晃动着那条玻璃丝尾巴，"你的这个世界真是乏味透顶。我逛够了你的花园，也游遍了那片森林。这些对我来说，已是索然无味。当我来到这个屋子时，你和你那位胖太太的对话又使我觉得无聊透顶。"

"那是因为我给你装了跟我们自己不一样的脑子——这对一只猫来说真是大材小用了。"皮普特博士回答说。

"那你能把它拿出来换上石子吗？省的我觉得和自己的身份不符。"猫儿恳求道。

"可以啊。等我把碎布姑娘变活后，我就试试吧。"他说。

猫儿来到斜靠在长凳上的碎布姑娘前，仔细打量着她。

"你要把这丑八怪变活吗？"它问道。

巫师点了点头。

"她可以做我太太的女佣，"他说，"有了生命后，她就可以包揽我们的一切事情了，包括料理家务。可你不准对她指手画脚，听到了吗？你这个捣蛋鬼，你一定要尊重碎布姑娘。"

"我才不呢。要我尊重这一大捆碎布片，休想。"

"如果你做不到，我就弄更多的碎布片来给你看看。"玛格洛特生气地大叫起来。

"你为何不把她弄得好看一点呢？"猫儿问道，"你把我造得这么漂亮——真的很漂亮——我喜欢在我动脑筋的时候看我的脑子滴溜溜地转动，也喜欢看我那颗高贵的红心怦怦跳动。"它边说边来到一面长镜子前，自豪地观赏着镜子里的自己，"可那可

怜的碎布姑娘一旦获得生命，一定会恨死自己的，"猫儿继续说道，"如果我是你们的话，就一定把她当拖把用了，重新做一个比她漂亮的。"

"你这是美丑不分，没有品位，"玛格洛特大声嚷嚷起来，对这坦率的批评大为恼火，"能用碎布拼接成这样，碎布姑娘真的很漂亮了。即使是彩虹也没有这么多的色彩。你得承认彩虹是很美丽的吧。"

玻璃猫打了个哈欠，在地板上伸了个懒腰。

"你想怎么样就怎么样吧，"它说，"我只是为碎布姑娘感到遗憾罢了……"

那天晚上，奥乔和南奇叔叔就在巫师家里过了夜。小男孩很开心，因为他急切地想看到碎布姑娘如何获得生命。对小奥乔来说，那只玻璃猫也是只奇妙的动物。尽管出生在奥兹仙境内，他从不知道有魔法这回事儿，更不用说见过魔法了。住在森林里时，也从未见过如此稀奇的事情。要不是芒奇金国人和奥兹其他邦国的人一起拥立奥兹玛做他们共同的女王，南奇叔叔也许早就当上芒奇金国的国王了。因此，他只能带上年幼的侄子退隐到那片被人遗忘的森林一角，孤零零的，一住就是那么多年。要不是因为没有打理好那院子而长不出吃的食物，他们也许一辈子就住在那偏僻的蓝森林里了。可现在他们走出了森林，融入于外面的世界中，而他们所到的第一个地方又是这么趣象环生，奥乔兴奋得一夜都没合眼。

玛格洛特真是位好厨师，给他们准备了丰盛可口的早餐。就在他们吃得津津有味时，善良的夫人说道：

"也许这是我在近期内所做的最后一顿饭了。因为早饭过后，皮普特博士答应让我的女仆获得生命。我会让她洗早餐的碗碟和打扫屋子。那时候，我会生活得多么惬意啊！"

"从此以后，很多体力活都不用你干啦，"巫师说道，"噢，对了，玛格洛特，我在忙着搅拌水罐的时候，看见你从橱柜里拿了些脑子的配料。你给你的新仆人配了哪些品质呀？"

"只是些卑微的用人所需的配料，"她回答说，"我可不希望她跟那玻璃猫似的，自以为是，狂妄自大。这样只会使她永不满足，整天愁眉苦脸的。她必须永远只是个仆人。"

听到这些话，奥乔有些忐忑不安，担心自己闯了大祸。因为在玛格洛特为她的仆人准备的配料中，他又添加了所有其他的品质。可现在后悔也没有用了，因为所有脑子的配料已被缝在了碎布姑娘的脑袋中。他可以坦白自己的过失，这样玛格洛特和博士就能换掉脑子的配料，可他又担心他们会发火。他相信叔叔看到他加配料了，可叔叔居然没有阻止他。也是啊，不到万不得已，叔叔是不会开口的。

一吃完早饭，他们便来到巫师巨大的修炼房里。那只玻璃猫正躺在镜子前，毫无生气的碎布姑娘则软绵绵地靠在长凳上。

"好，各位，"皮普特博士以令人振奋的口气说道，"我们将要开始人类魔法史上最伟大的壮举了，即使是在神奇的奥兹仙境内，也是绝无仅有的，别的地方就更是闻所未闻了。我觉得，在碎布姑娘获得生命的时刻，应该有点音乐来助兴。这样，她的金耳朵听到的第一个声音将是美妙的音乐。想来该是多么愉悦啊！"

他边说边朝一张小桌子走去。桌子上用螺丝固定着一架留声机。他上紧留声机的发条，又调整了一下那只大金喇叭的位置。

玛格洛特说道："她以后听到音乐时，恐怕就是我要命令她干活了。不过，在她睁开眼睛、第一次看到这个世界的时候，听上一段没有乐队的音乐，也是无妨的。今后，我的命令可要比乐队响多了。"

留声机里传出一首激动人心的进行曲。巫师打开柜子的抽屉，从里面取出那只装有生命之粉的金瓶子。

大家将长凳围住，凑过身子，看着碎布姑娘。南奇叔叔和玛格洛特站在后面，靠近窗子，奥乔站在一边，巫师站在前面，免得撒粉时别人碍手碍脚。玻璃猫也凑了上来，好奇地观看着这一重大场面。

"都准备好了吗？"皮普特博士问。

"一切准备就绪。"他的妻子回答说。

只见巫师俯下身子，抖了下瓶子，一些神奇的粉末撒落下来，直接落在了碎布姑娘的头部和双臂上。

第五章

闯大祸

"几分钟后这粉才能奏效。"巫师说道，同时小心翼翼地往姑娘身上撒着粉末。

突然，碎布姑娘猛地抬起一条胳膊，正好打在驼背手中的瓶子上。瓶子"嗖"的一声飞出老远。南奇叔叔和玛格洛特大为震惊，身体同时向后倾去，两人撞到了一起，南奇叔叔的头还碰到了窗户的架子上，架子上那只装有石化液的瓶子立刻倒了下来。

巫师一声狂叫，奥乔吓得跳向一边，碎布姑娘也紧跟着弹跳起来，

胖乎乎的手臂将他拦腰抱住，惊恐万状。玻璃猫一声咆哮，迅速钻到桌子底下。与此同时，那强效的石化液倒了下来，正好泼在博士夫人和南奇叔叔的身上。顿时，奇迹在两人身上出现了，只见他俩立刻一动不动，像两尊石像般站立在那里，保持着石化液接触到他们时那一瞬间的姿势。

奥乔一下推开碎布姑娘，猛地扑向南奇叔叔，惊恐万状。南奇叔叔可是他唯一的朋友和保护者啊。他紧紧抓住叔叔的手，感觉它们又冷又硬，就连那花白的长胡子也变成了坚硬的石头。驼背巫师已是六神无主，发疯般地在屋子里乱蹦乱跳，嘴里狂喊乱叫，恳求妻子快快活过来，能开口跟他说话，饶恕他！

碎布姑娘迅速从恐惧中回过神来。因为是第一次见到这个世界，所以对眼前的一切很感兴趣。她凑近每一个人，东看看，西瞅瞅，又看看自己，禁不住大笑起来。看到有面镜子，便停下来站在镜子前，惊讶地打量着自己独特的长相——纽扣眼睛、珍珠牙齿，还有垫高的鼻子。她对着镜子里的自己，开始自言自语起来：

> 咦！一个花哨的姑娘！
> 颜料盒见了也会羞红脸庞。
> 花花绿绿，令人眼花缭乱！
> 你好吗，不知名的姑娘？

她鞠了一躬，镜子里的她也鞠了一躬。见此情景，碎布姑娘再次大笑起来，发出一长串欢快的笑声。玻璃猫从桌子底下爬出来，说道：

"你居然自己嘲笑自己，是不是吓坏了呀？"

"吓坏了？"她回答说，"怎么会呢，我高兴还来不及呢。你不觉得我是独一无二、无与伦比的吗？世上之人形形色色，可笑的、荒唐的、罕见的、有趣的，可要说最为奇特的，非我莫属。除了那可怜的玛格洛特，还有谁能造出像我这样的怪人呢？可我很高兴——非常高兴！我的这副模样，我要的就是这副模样。"

"请你们安静点好吗？"近乎疯狂的巫师大声叫道，"安静点，让我好好想想！再不好好想想，我可真要疯啦。"

"那你就好好想想吧，"碎布姑娘说道，同时一屁股坐到了一张椅子里，"你愿意怎么想就怎么想吧。我可不在乎。"

"哎呀！总是播放同一首曲子，可把我累坏啦。"这时，留声机的喇叭里传来了响而刺耳的声音，"如果你不介意的话，皮普特老兄，我想停下来休息一会儿。"

巫师沮丧地看了眼留声机。

"真是倒霉透了！"他哭丧着脸说，"生命之粉肯定撒落到留声机上了。"

他走上前，发现装有珍贵的生命之粉的金瓶子掉在了小桌子

37

上，留声机上撒满了生命之粉。留声机活蹦乱跳，开始跳起吉格舞来。因为和桌子连在一起，所以桌子的腿也跳动起来。见此状况，皮普特博士的气不打一处来，抬起腿就是一脚，将留声机踢到一个角落里，并用一张长凳将它压住，不让它乱动。

"你本来就不是什么好东西，"巫师忿忿地说，"如今又活了。奥兹国的每一个人真的要被你逼疯了。"

"不准侮辱人，"留声机不客气地说道，"你这是自找的，老兄，可不要怪我。"

"是你自己搞砸了一切，皮普特博士。"玻璃猫插嘴说，口气中充满鄙视。

"我可是例外哦。"碎布姑娘说道。她从椅子里一跃而起，欢

快地满屋子旋转起来。

看到南奇叔叔的悲惨遭遇，奥乔伤心得哭出声来，他说："都是我的错，都是我不好。你们知道吗？我的名字就叫不幸儿奥乔。"

"这是无稽之谈，小孩子不要乱说话，"碎布姑娘余兴未了，不禁反驳道，"一个人只要聪明，凡事有自己的决策，就不能说是不幸的。那些要求别人不做声，只让自己一个人思考的人，才是真正不幸的，比如说这位可怜的皮普特博士。高超的魔法大师，你这样大吵大嚷的，到底是为什么呀？"

"石化液不小心被碰翻，洒在了我太太和南奇叔叔的身上，他们两个现在变成了石像。"他伤心地回答说。

"嗨，你为何不撒些生命之粉在他们身上，让他们重新活过来呢？"碎布姑娘问道。

巫师高兴地跳了起来。

"对啊，我怎么没想到呢！"他开心地大叫起来，一把抓起金瓶子，飞快地跑向玛格洛特。

只听碎布姑娘说道：

乱七八糟胡乱谈，

巫师都是大笨蛋！

他的脑袋是草包，

他的思路一团糟，

是我让他来开窍。

皮普特博士的背太驼了，根本够不到妻子的头顶，他只得站在长凳上，晃动着手中的瓶子。可是晃了半天，半点粉末都没掉出来。他拔掉盖子，朝瓶子里看去，然后扬手将瓶子扔掉，绝望地哀嚎起来。

"没有啦——没有啦！一点都没有啦，"他大声叫喊道，"本来可以救我太太的，却都白白浪费在那可恶的留声机上了！"

说完，巫师垂下头，将脑袋埋在弯曲的双臂中，开始痛哭起来。

见此情景，奥乔很是难受。他走上前，对这位伤心人柔声说道：

"你可以再炼制生命之粉的，皮普特博士。"

"不错，可这得用上六年的时间——在这六年中，我必须不厌其烦，用双手和双脚不停地搅拌四只水罐，"博士痛苦地回答说，"整整六年呐！可怜的玛格洛特就得做一尊石像，在一旁看我六年。"

"难道没有别的办法了吗？"碎布姑娘问。

巫师晃了晃脑袋。忽然，又像想起了什么，猛地抬起了头。

"倒是有一张秘方可以破除石化液的咒语，救活我太太和南奇叔叔，"他说，"只是秘方的配料很难搞到。只要能搞到配料，我立马就能把人救活，根本不用手脚并用，花六年的时间去搅拌四只水罐，把自己搞得精疲力竭。"

"那好啊，我们就去找那些配料吧，"碎布姑娘建议说，"这办法可比搅拌水罐强多了。"

"这办法不错，碎布片，"玻璃猫赞同道，"想不到你的脑袋瓜还蛮好使的嘛。可还是不能跟我的非凡智力相比的哦。我动脑子时，你就可以看着它们滴溜溜地转动。它们可是粉红色的哦。"

"碎布片？"碎布姑娘反问道。"你叫我'碎布片'？这就是我的名字吗？"

"我——我想我那可怜的太太本来想给你起名'安吉莉'的。"巫师说道。

"可我还是喜欢'碎布片'这个名字，"碎布姑娘大笑道，"它更适合我，因为我本来就是用碎布片拼接起来的。谢谢你给我起了这个名字，猫小姐。对啊，你有自己的名字吗？"

"玛格洛特曾经给我起过一个很蠢的名字，可对我这样重量级的人物来说，这名字太失我的身份了，"猫儿回答说，"她叫我'捣蛋鬼'。"

"没错，"巫师叹了口气，说道，"你就是个不可救药的、彻头彻尾的捣蛋鬼。我让你获得生命，本来就是犯了一个大错。我可从未见过比你更加没用、更加狂妄、更加碰不起的东西。"

"我可没你说的那么脆弱，"玻璃猫顶嘴道，"我已经活了许多年了。皮普特博士第一次炼制出生命之粉时，就是拿我做的实验。到目前为止，我还是完好无损的，没有断胳膊断腿，没有破皮掉毛，更没有什么部位残缺不齐的。"

"你肩膀上好像掉了一小块。"碎布姑娘大笑着说。一听这话，玻璃猫赶紧跑去照镜子。

"你快说，"奥乔恳求驼背巫师道，"我们到底要找什么才能凑成秘方，救活南奇叔叔呢？"

"首先，"巫师回答说，"必须有一棵六叶草，这只有在翡翠城附近的绿色世界才能找到。即便在那里，这东西也是很罕见的。"

"我一定帮你找来。"奥乔保证道。

"第二样嘛，"巫师继续说道，"是一种黄色蝴蝶的左翅膀，它只能在翡翠城西边温基人居住的黄色世界里找到。"

"我一定能找到，"奥乔肯定地说，"就这些吗？"

"噢，不，我得去查一下我的《秘方大全》，看看还有什么。"

说着，巫师打开柜子的一只抽屉，从里面拿出一本蓝色皮封面的小书，翻了几页后，终于找到了那个秘方，于是又说道：

"还有，必须有从一口黑井里取出的一吉耳①的水。"

"那什么是黑井呢，先生？"小男孩问道。

"从未被白天的光照射过的井。取出的水必须装在一个金瓶子里，然后给我。记住，那水不能受到光线的照射。"

"我一定能取到黑井里的水的。"奥乔说。

"我还必须有迷糊兽尾巴尖上的三根毛，以及活人身上的一滴油。"

奥乔一听这话，脸色立刻阴沉下来。

"那什么是迷糊兽呢？"他问。

"一种动物吧，我也从未见过，所以说不上来。"巫师回答说。

"只要能找到迷糊兽，我就能获取它尾巴尖上的三根毛，"奥乔说，"可是活人身上有油吗？"

为了确认，巫师再次翻阅了一下手中的书。

"这可是秘方上要求的，"他回答说，"我们必须获得所有配料。哪怕缺一样，就会失灵的。书上说的可是'油'，不是'血'，活人身上肯定是有油的，不然书上就不会这么要求了。"

"好吧，"奥乔回答说，他尽量不让自己泄气，"我一定会竭

---

①液量单位一吉耳相当于1/4品脱。

尽全力的。"

巫师用怀疑的目光看着这位芒奇金小男孩，说道："这意味着你必须长途跋涉，而且不是去一个地方。要找齐这些配料，你必须找遍奥兹国好几个不同的地区。"

"我明白，先生。无论如何我都要尽力救活南奇叔叔。"

"还有我那可怜的太太玛格洛特。你救活了一个，还可以救活另一个，他们两个都站在那里。那个秘方可以让他们两个都活过来的。你一定要尽力而为，奥乔，在你外出寻找配料期间，我会开始新一轮的六年，炼制一炉新的生命之粉。这样的话，即便你找不齐所有的配料，我也不会白白浪费时间。可是，你一旦找齐了配料，就必须尽快回来，免得我手脚并用，累死累活地搅拌那四只水罐。"

"我马上就出发，先生。"小男孩说道。

"我和你一起去。"碎布姑娘大声说道。

"不，不行！"巫师赶忙说，"你不能擅自离开这房子，你只是个仆人，不能擅自离开的。"

一听这话，一直在屋子里乱蹦乱跳的碎布姑娘停了下来，直愣愣地看着巫师。

"什么是仆人呀？"她问。

"就是专门为别人服务的人，这个——跟奴隶差不多。"巫师

解释道。

"那好呀,"碎布姑娘说,"我帮奥乔找到你需要的东西,就是在为你和你太太服务啊。你要那么多东西,你可知道,它们都是很难找到的。"

"没错,"皮普特博士叹了口气,"我清楚得很,奥乔的任务可艰巨着呐。"

碎布姑娘大笑着,又跳起舞来,嘴巴里同时说道:

这事儿对人的智力有要求:
活人血管里一滴油;
书上说,要六叶草、
迷糊兽尾巴上三根毛,
组成这神奇配方的成分,
还得漆黑井里的水才成。
奥乔还得设法找到
黄蝴蝶的翅膀,
如果他全部收集停当,
皮普特博士才能做神秘配方;
如果他找不齐,南奇叔叔就会
永远是大理石一快。

巫师若有所思地看着她。

"可怜的玛格洛特肯定给你加错了脑子配料，把诗意的配料也加进去了，"他说，"如果真是这样，我这诗意的配料质量也不怎么样，要么是给你加的剂量太大了，要么是剂量太少了。算了，我还是让你跟奥乔一块儿去吧，我可怜的太太现在这副模样也用不着你服侍了，说不定你能帮上奥乔呢，因为你头脑里的一些思想太出乎我的意料了。但你一定要小心，因为你是我亲爱的玛格洛特留下的纪念品。千万不能出现裂缝，不然缝在你身体里的棉絮会掉出来的。你的一只眼睛似乎有点松了，要把它缝得紧一点。如果你的话太多，你那红丝绒的舌头很快就会被磨掉。当初就应该滚上一道边的。还有，你一定要记住，你是属于我的，任务一完成就必须尽快回来。"

"我要跟碎布片和奥乔一块儿去。"玻璃猫大声说道。

"你不能去。"巫师说。

"为什么呢？"

"你随时都会被碰碎。再说了，你根本帮不上奥乔和碎布姑娘的忙。"

"对不起，我不赞成你的看法，"玻璃猫回答说，语气很是傲慢，"俗话说得好，三个臭皮匠顶个诸葛亮。再说了，我还有这漂亮的粉红色脑子，动脑筋时，你是可以看到的。"

"好好好，去吧，"巫师说，显得不耐烦起来，"反正你就是个讨人厌的东西。你走了，我还眼不见心不烦呢。"

"我可不会领你的情的哦。"玻璃猫一点都不服输。

皮普特博士从橱柜中拿过一只小篮子，装上几样东西，然后递给奥乔。

"这是一些食物和一束护身符，"他说，"我能给你的就这些了。不过我相信，一路上你会遇到朋友，他们都会助你一臂之力的。一定要照看好碎布姑娘，并将她完好无损地带回来，因为她对我太太非常有用。至于那只玻璃猫——就是那个捣蛋鬼——如果它给你惹麻烦，我现在就授权给你，你就直接把它砸了，因为它实在是太傲慢无礼了，一点都不听我的话。你都看到了，我给它装上粉红色的脑子，这是犯了个大错啊。"

接着，奥乔来到南奇叔叔跟前，在老人变成石头的脸上温和地亲了一下。

"我一定会想办法救活你的，叔叔。"他说，仿佛那石像能听到他说话似的。他又转过身，握了下驼背巫师弯曲的手。此时的巫师早已忙开了，正在把那四只水罐挂在壁炉中。最后，奥乔拿起篮子，走出了屋子。

碎布姑娘紧随其后，而他俩身后，就跟着那只玻璃猫。

第六章

旅途中

奥乔从未出过远门，所以只知道沿着山路下山就能来到开阔的住着很多人的芒奇金国。碎布姑娘刚获得生命，当然对奥兹国一无所知。玻璃猫承认自己经常外出溜达，但也从未去过离巫师家很远的地方。开始时，他们面前只有一条路可走，所以不会迷路。有好大一会儿，大家默默地行走在稠密的森林中，心中都感到这一次不仅身负重任，而且还是一次冒险行动。

忽然，碎布姑娘大笑了起来，样子很

是有趣：脸颊皱在一起，鼻子歪向一边，银色的纽扣做成的眼睛一闪一闪的，嘴角滑稽地翘起。

"什么事让你这么开心哪？"奥乔问道。一想到叔叔的悲惨命运，他的心情就很沉重，一点都开心不起来。

"咳，"她回答说，"你们的这个世界真是令人开心。这个世界本身就很奇怪，可世上的事更是令人觉得奇怪。比如说我吧，玛格洛特用旧被套把我拼接起来，想让我做她的奴隶，可谁能想到，一场意外使我获得了自由，能享受人生的乐趣，更有机会出去见见世面。可是，把我造出来的那个太太呢，却像一根木头一样，无助地杵在那里。如果这还算不上有趣可笑的话，我真不知道还有什么是可笑的了。"

"你这就算是见世面了？可怜的碎布片，你真是太无知啦，"猫儿说道，"四周的这些树林并不代表整个世界，世上有趣好玩的东西还多着呢。"

"可这些树是世界的一部分呀，难道它们不好看吗？"碎布姑娘回答说，她摆动着脑袋，棕色的纱线做成的鬈发在微风中飘扬，"我在树丛中看到了秀丽的蕨类植物，漂亮的野花，还有毛茸茸的绿色藓苔。如果还没见过的世界有这一半美丽的话，也就不枉费我此生了。"

"嗯，我也不知道剩下的世界是什么样的，"猫儿说道，"所

以我一定要去看看。”

"我从来没走出过森林，"奥乔接嘴说道，"在我看来，这些树让人觉得阴郁凄凉，野花也显得孤寂。没有树的地方一定非常好，有那么大的空间，许多人可以住在一起，一定非常热闹。"

"不知道我们一路上碰到的人会不会跟我一样亮彩，"碎布姑娘说，"到目前为止，我见过的人皮肤都是苍白的，没有一点色彩。穿的衣服跟他们住的地方一样，都是蓝色的，不像我，浑身上下色彩斑斓——脸、身体，还有衣服，只有这样我才会开心愉快啊。可奥乔你呢，一身蓝色的衣服，如此单调，缺少愉悦，怎么开心得起来呢。"

"看来我真是做错了，给你加了那么多的脑子配料，"奥乔说

道，"也许，真被巫师说对了，你的脑子配料加过了量，跟你的身份一点都不相称了。"

"你跟我的脑子有什么关系啊？"碎布片问道。

"关系可大着呢，"奥乔回答说，"老玛格洛特只想给你加一点点——只要够就行了——可趁她不注意的时候，我给你加了许多种配料。它们可是巫师柜子里最上等的脑子配料哦。"

"太谢谢你啦，"姑娘一边说，一边在奥乔前面的不远处手舞足蹈起来，然后又蹦蹦跳跳着回来，在奥乔身边说道，"如果加一点脑子就管用，那么加许多肯定就更好了。"

"可各种配料应该保持平衡的，"男孩说道，"我当时匆匆忙忙，没有顾及那么多。但从你现在的行为来看，我想配料在比例上肯定出了问题。"

"碎布片会有多少脑子呀！不会有事的，放心吧。"猫儿在一旁说道，它一路小跑，体态十分优雅，"我的脑子才是最好使的，粉红色的，你们可以看着它动脑筋。"

走了好一阵，眼前出现一条小溪，溪水潺潺地穿过他们行走的小路。奥乔停住脚步，坐下来休息，准备吃些东西。他朝篮子里望去，这才发现巫师给了他半条长面包，外加一片奶酪。他掰下一块面包，却惊讶地发现面包又变长了，恢复得跟原先一模一样，奶酪也是如此：不管他掰下多少，还是保持和原来一样的大小。

"啊，明白了"奥乔说着，聪明地点了下头，"这就是魔法。皮普特博士给面包和奶酪施了魔法，这样，我一路上就不用愁吃的了。"

"你为何把那些东西塞进嘴里呢？"碎布片两眼盯着他，惊讶地问道，"是嫌填塞的东西不够多吗？那你可以跟我一样，填塞棉花呀？"

"我用不着你那样的。"奥乔说。

"可嘴巴是用来说话的，不是吗？"

"嘴巴也是用来吃东西的，"男孩回答说，"如果我不把食物塞进嘴里，并且吃进肚子里，我就会饿死的。"

"啊，这我可是不知道，"她说，"那你也给我一些吧。"

奥乔给了她一点面包，她把它塞进了嘴里。

"接下来怎么办呢？"她问。因为嘴里有面包，她几乎说不出话来了。

"嚼碎了咽下去。"男孩说。

碎布姑娘按奥乔说的做了，可她的珍珠牙齿根本嚼不动面包，嘴巴后面也没有食管。发现咽不下去，她把面包扔了，同时大笑起来。

"我不能吃，肯定会饿死的。"她说。

"我也是，"玻璃猫大声说道，"可我才不会那么傻呢，有什

53

么好试的。难道你不明白吧吗？你我都是顶级人物，和这些可怜的凡夫俗子是不一样的。"

"我为什么要明白这个呢？明白了又能怎样呢？"姑娘反问道，"请你不要老问这种无法回答的问题，让我伤脑筋。还是让我自己来搞明白，慢慢认识自己吧。"

说完这些，她开始自娱自乐起来，在小溪两边跳过去又跳过来。

"小心啦，别掉进水里了。"奥乔提醒说。

"不用担心。"

"还是小心点好。如果你掉进水里，就会湿透的，你就不能走路啦，身上的色彩也会褪掉、化掉的。"他说。

"花就花呗，花了不是更好吗？"她问。

"我说的是化，不是花。如果浸湿了，你身上的红色、绿色、黄色和紫色就会相互渗透，变成模糊的一大片——最后就什么颜色都没有了，你懂吗？"

"好吧，"碎布姑娘说，"我会小心的。如果我毁了自己身上如此斑斓的颜色，就再也不漂亮了。"

"哼！"玻璃猫轻蔑地说道，"红红绿绿的，一点都不漂亮，真是难看死了，没有品位。你们看我，身上没有任何色彩，通体清澈透明，除了一颗精致的红宝石心脏和可爱的粉红色脑子

外——动脑筋时你们可以看得一清二楚的。"

"吹吧——吹吧——吹吧！"碎布姑娘手舞足蹈，大声嘲笑道，"还有你那恐怖的绿眼睛，捣蛋鬼小姐！你看不见自己的眼睛，可我们看得见。你身上几乎没有颜色，可还一个劲儿地自我吹嘘。捣蛋鬼小姐，你就吹吧——吹吧——吹吧！如果你浑身上下都是色彩，或者像我一样绚丽多彩的话，你就会吹破天了。"说罢，她在猫儿身上奔过来，又跳过去，把捣蛋鬼吓得趴在一棵树根边，免得被她踩死。碎布姑娘见状，笑得越发厉害起来，嘴里同时说道：

> 荷儿得哟呼！
>
> 猫儿掉了鞋。
>
> 光着脚趾它不在乎
>
> 何必你来啰嗦？

"天哪！奥乔，"猫儿说，"你不觉得这家伙疯了吗？"

"也许吧。"他回答说，一脸的困惑。

"如果她再这样侮辱我，我就把她裤带纽扣做的眼睛抓下来。"猫儿生气地说。

"好啦，大家不要吵了，"男孩央求道，他站起身，准备继续赶路，"我们是志同道合的好伙伴，应该开开心心、快快活活的。我们一路上遇到的困难肯定不会少的。"

太阳快下山时，他们终于走到了森林边缘，展现在眼前的是一派爽心悦目的景象。山谷中，一片片广阔的蓝色田野，蔓延开去好几英里。田野里到处点缀着漂亮的蓝色圆顶房，只是离他们有相当远的距离。在小路和森林的交叉点，座落着一间小房子，房顶上布满翠绿的树叶，房子前站着一位芒奇金男子，手拿一把斧子。见奥乔、碎布姑娘和玻璃猫从树林中出来，他大吃了一惊，可当碎布姑娘走上前时，他一屁股坐在了一张长凳上，同时哈哈大笑起来。

他是个樵夫，孤身一人住在那间小房子里。他长有一脸浓密的蓝色络腮胡子，一双快乐的蓝眼睛，身着一套相当破旧的蓝衣服。

"哎呀！"樵夫好不容易才忍住笑，大声叫道，"想不到奥兹国里还有像你这样长得如此滑稽难看的小丑！你打哪儿来呀，百纳被？"

"你是在问我吗？"碎布姑娘问。

"是啊。"他回答说。

"你搞错啦，我不是百纳被，我是碎布片拼凑起来的。"她说。

"没什么区别的，"他回答说，再一次大笑起来，"我老奶奶

拼缝这种东西的时候，就管它叫百纳被，可我没想到的是，这种乱七八糟的东西也能变活。"

"那是魔粉起的作用。"奥乔解释道。

"噢，这么说你们是从山上驼背巫师那里来的了。嗨，我本该想到的，因为——啊，天哪！还有一只玻璃猫。看来驼背巫师要遇到大麻烦啦，他这么做是违法的呀，除了善良的葛琳达和奥兹国的宫廷巫师外，谁都不允许施魔法的。如果你们——不管你们是东西——还是玻璃饰品——或者是百纳被——不管你们是什么，如果你们去翡翠城的话，一定会被抓起来的。"

"可我们就是要去那里呀。"碎布姑娘大声说道，她在长凳上坐下，晃动着两条圆鼓鼓的腿，开始唱起来。

> 要是有人想歇口气，
> 大家都得被抓去，
> 要想恢复弄不成，
> 还得忍受一大阵。

"噢，明白了，"樵夫点头说道，"你是由花花绿绿的碎布片拼接起来的，怪不得花点子那么多，还疯疯癫癫的。"

"她简直就是个疯子，"玻璃猫说，"不过这也没什么好奇怪的，因为她本来就是由乱七八糟的东西拼凑起来的。不像我，是纯玻璃做成的——我还有一颗宝石做的心和粉红色的脑子。你看到了吗，先生？我动脑筋的时候你可以看得到它们转动呢。"

"看到啦，"樵夫回答说，"但我看不出它们有多大的作用，你也没想出什么好点子来呀。玻璃猫真的是没用的东西，碎布姑娘才真的有用呢，她会逗我笑。笑可是人生中最有益的事情了。我曾经有位朋友，也是个樵夫，可他是用马口铁皮做成的。每次看到他，我就忍不住想笑。"

"铁皮做的樵夫？"奥乔说，"真是太稀奇了。"

"我朋友一开始并不是铁皮的，"樵夫说，"可他使斧子时总是不小心，把自己砍得伤痕累累，甚至缺胳膊少腿的，因而就用铁皮取而代之，这样几次三番的，最后浑身上下都变成铁皮的了。"

"那他还能砍树吗？"男孩问。

"只要他的铁皮关节不生锈，还是能砍的。有一天他在森林里遇见了多萝西，便跟着她一起去了翡翠城，还在那里发大财了呢。他现在可是奥兹玛公主的宠儿，当上了温基国的皇帝——就是那个到处是黄色的地方。"

"多萝西是谁？"碎布姑娘问。

"以前住在堪萨斯的一位小女孩，如今可是奥兹国的公主啦。

听说是奥兹玛公主最要好的朋友，和她一起住在皇宫里。"

"多萝西也是铁皮做成的吗？"奥乔问。

"她跟我一样，也是碎布片拼接成的吗？"碎布姑娘问。

"都不是，"樵夫回答说，"多萝西和我一样，是血肉之躯。我只认识一位铁皮人，那就是尼克·乔坡，即那个铁皮樵夫。我想再不会有第二个碎布姑娘了，因为哪个巫师看到你，都不会愿意再造一个像这样的人了。"

"我想我们能见到那位铁皮樵夫的，因为我们要去温基国。"小男孩说。

"去哪里干吗呀？"樵夫问道。

"去获得一只黄蝴蝶的左翅膀。"

"去那里可是路途遥远啊，"樵夫说，"你们得经过奥兹国的好几个荒凉地带，渡过好几条河，还要穿过好几片黑森林。"

"正合我意，"碎布姑娘说，"这样我就有机会好好看看了。"

"你真是疯了，姑娘。你还是钻进一只破口袋里躲起来，或者把自己送给某个小女孩当玩具玩算了。出远门的人都会遇上麻烦的，所以我是情愿待在家里的。"

樵夫邀请他们在他的小屋里过夜，但大家急着赶路，便跟他道了别，继续踏上征途。走着走着，路面越来越宽，也更容易辨别方向了。

他们希望在天黑之前能找到另一户人家借宿。但天黑得很快，奥乔开始担心起来，后悔拒绝了樵夫的好意，真是犯了个大错误。

"我看不清路了，"他终于忍不住说，"你能看清楚吗，碎布姑娘？"

"看不清，"碎布姑娘回答说。她紧紧抓住奥乔的臂膀，由他领路。

"我能看清楚，"玻璃猫大声说道，"我的眼力比你们的好，还有我粉红色的脑子——"

"你就别总念叨你那粉红色的脑子了，好吗？"奥乔急忙打断它，"你跑到前面来，给我们带路吧。等一下，让我在你身上系根绳子，这样你就可以领着我们走了。"

他从口袋里掏出一根绳子，将一头系在猫脖子上，猫儿领着他们向前走去。就这样走了约莫一个小时，前面终于出现了闪烁的蓝光。

"好啊！终于看到一户人家了，"奥乔叫了起来，"我们过去吧，好心的主人一定会欢迎我们，让我们借宿一夜的。"可是，他们走啊，走啊，就是到不了那亮光的地方。很快，猫儿停止脚步，说道：

"我觉得那光也在向前移动，这样的话，我们永远都赶不上

它的。这儿路边倒是有一间房子，为何还要往前走呢？"

"哪里有房子，捣蛋鬼？"

"就在我们旁边，碎布片。"

奥乔果然看到路边有一间小房子。房子里黑漆漆的，没有一丝声息，可奥乔实在是太累了，就想快点休息。于是，他走上前，开始敲门。

"谁呀？"里面有个声音喊道。

"我是不幸儿奥乔，还有我的伙伴碎布姑娘和玻璃猫。"他回答说。

"有什么事吗？"那声音问。

"想借个地方睡一晚。"奥乔说。

"那就进来吧，但不要发出声响，直接上床睡吧。"那声音回答说。

奥乔推开门，走了进去。屋里一片漆黑，伸手不见五指，只听那猫儿大叫道："哎呀，屋里一个人都没有啊！"

"怎么会呢，"奥乔说，"刚才还有人跟我说话呢。"

"屋里的一切我看得清清楚楚的，"玻璃猫回答说，"除了我们三个，再也没有其他人了。倒是有三张床，铺得整整齐齐的，

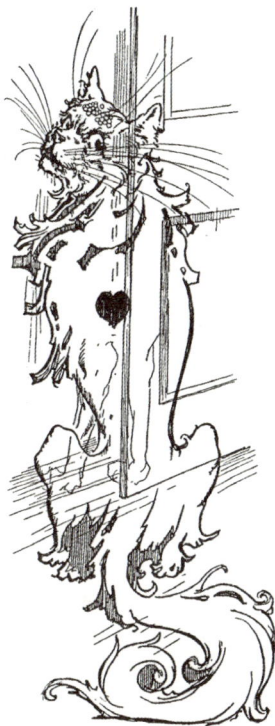

我们还是赶快睡觉吧。"

"什么叫睡觉?"碎布姑娘问。

"就是躺到床上去。"奥乔说。

"为何要躺倒床上去呢?"碎布姑娘追问道。

"喂,喂!干吗这么吵啊?"他们原先听到的那个声音大声叫道,"请安静,客人们,上床睡觉吧。"

能在黑暗中看清东西的玻璃猫循声望去,一双锐利的目光搜寻着说话之人,可就是看不到一个人,尽管那声音似乎就在身边。它微微弓起背,显得有些害怕。"跟我来。"它低声对奥乔说着,把他领到了一张床前。

小男孩用手摸了摸,发现床又大又软,床上还有几个鸭绒枕头和好几条毯子。于是,他脱下鞋子和帽子,爬上了床。猫儿把碎布姑娘领到另一张床前,可碎布姑娘不知该怎么办。

"躺下吧,不要发出声音。"猫儿轻声提醒说。

"不能唱歌吗?"碎布姑娘问。

"不能。"

"不能吹口哨吗?"

"不能。"

"那我想跳舞,一直跳到天亮,可以吗?"碎布姑娘问。

"你一定要保持安静。"猫儿轻声说道。

"我偏不，"碎布姑娘依然大声说道，"你有什么权力对我指手画脚的？只要我愿意，我就要说话，大声嚷嚷，吹口哨——"

她的话还没说完，就有一只无形的手把她紧紧抓住，将她扔出门外，然后，门砰的一声关上了。

她重重地摔倒在地，连打了几个滚。当她站起身，想推开门时，发现门已上了锁。

"碎布姑娘怎么啦？"奥乔问。

"别管她。我们睡觉吧，不然我们也要倒霉的。"玻璃猫回答说。

于是，奥乔舒舒服服地躺在床上，很快就进入了梦乡。他实在是太累了。等他醒来时，居然已是大天亮了。

第七章

惹麻烦的留声机

第二天早上醒来后，奥乔便仔细环顾这个房间。这是典型的芒奇金人住的小房子，里面只有一个房间，房间里有三张床，并排靠一边墙放着。其中一张床上睡着玻璃猫，另一张床上睡着奥乔自己，第三张床铺得整整齐齐的，没有被睡过的痕迹。房间的另一边有一张小圆桌，上面早已放好热气腾腾的早餐。桌子旁只有一把椅子，只能坐一个人。除了奥乔自己和捣蛋鬼玻璃猫，房间里没有其他的人。

奥乔起床，穿好鞋子，见床头

有个盥洗台，便洗了脸和手，梳理了一下头发，然后来到桌子旁，说道：

"这早餐是为我准备的吗？"

"是的，吃吧！"奥乔身旁传来一个声音，他惊得立马站起身来，可就是看不见一个人影。

望着桌上香喷喷的早餐，奥乔更觉饥肠辘辘。他在桌子旁坐下，尽情地吃了起来。吃饱喝足后，他站起身，拿起帽子，把玻璃猫叫醒。

"醒醒啦，捣蛋鬼，"他说，"我们得上路啦。"

他再一次扫视了一下房间，对着空中说道："不管你是谁，谢谢你的盛情款待了。"

没有人回答。于是，他拎起篮子，向门外走去，玻璃猫紧跟其后。只见路的中央坐着碎布姑娘，正在玩弄一些卵石。

"噢，你们出来啦！"她开心地说道，"我还以为你们不出来了呢。太阳都要晒屁股啦。"

"这一夜你干什么了？"小男孩问道。

"坐在这里看星星和月亮啊，"她回答说，"星星和月亮好有趣，我以前从未见过，你是知道的。"

"你当然没见过。"奥乔说。

"昨晚你疯疯癫癫的，太过分了，所以要被扔出去。"大家重

新踏上征途的时候，捣蛋鬼这样说道。

"这没什么，"碎布姑娘说，"如果我没有被扔出来，就看不到星星了，也就看不到大灰狼了。"

"什么大灰狼？"奥乔问。

"昨天夜里有一头狼，来到门口三次呢。"

"怎么会这样呢？"奥乔不解地说，"屋子里有很多好吃的东西，我还美美地吃了一顿早餐，晚上睡得也很舒服。"

"你现在还觉得累吗？"见奥乔打哈欠，碎布姑娘问。

"嗯，是的，还是跟昨晚一样累，可我昨晚睡得很好。"

"那你现在饿吗？"

"真是奇了怪了，"奥乔回答说，"我早饭吃得饱饱的，可现在又想吃脆饼和奶酪了。"

碎布姑娘开始跳起舞来，嘴里同时唱道：

哼哧哼哧噢，
狼儿在门口，
啃块骨头没有肉，
杂货店里欠账啰。

"你在说什么啊？"奥乔问。

"别问我，"碎布姑娘回答说，"我想到什么就说什么，当然啦，我根本不懂什么杂货店、没有肉的骨头之类的东西。"

"那是，"猫儿说，"她显然就是个胡言乱语的疯子，她的脑子绝不是粉红色的，因为她不正常。"

"烦人的脑子！"碎布姑娘大声喊道，"谁在乎什么脑子呀？你们没发现吗？我的碎布料在阳光下很漂亮的。"

这时，他们身后的路上传来一阵急促的脚步声。他们三个转过身，循声望去，不由得大吃一惊，只见一张小圆桌蹬着四条细长的腿，飞快地向他们跑过来。桌面上牢牢地钉着一只留声机，伸着一只巨大的金喇叭。

"停一下！"那留声机大声喊道，"等等我！"

“天哪，是那只留声机，驼背巫师不小心把生命之粉撒在它身上了。”奥乔说。

“真的是它，”捣蛋鬼没好气地说，但等留声机跑到跟前，玻璃猫便恶恨恨地问道，“你来干什么？”

“我是逃出来的，”留声机说，“你们走后，那皮普特博士老头和我大吵了一架，扬言说，如果我不闭嘴的话，就把我砸个稀巴烂。我当然不听他的，我的任务就是说话，发出噪声——有时播放音乐。所以，趁巫师搅拌他那四只水罐的时候，我偷偷跑了出来。整个一夜我一直在追赶你们。现在好了，和你们几个快乐的伙伴在一起，我想说什么就说什么，想唱什么就唱什么。”

对这位不受欢迎的家伙的到来，奥乔很是不快。开始时，他不知道说什么好，可稍加思考后，决定不和这家伙交朋友。

“我们出来是有重要的事情要办，”他正色道，“因此不能受到干扰，请你谅解！”

“太无礼啦！”留声机大声说道。

“对不起，可我说的是真的，”奥乔说，“你还是去别处吧。”

“你们这样太不友好啦，”留声机委屈地说，很是伤心，“看来每一个人都不喜欢我，可我的本意是想让大家开心哪。”

“我们讨厌的不是你本人，”玻璃猫说，“我们讨厌的是你播放的音乐。当初和你同住一间房间时，你那刺耳的喇叭声把我烦透啦。它一会儿大声咆哮,一会儿低声嘟囔,一会儿又叽哩呱啦,根本没什么乐感可言。还有你那机器,咕哝咕哝的杂音那么大,完全淹没了你播放的曲子。"

"那可不能怪我,是唱片不好。没有一张唱片是清楚的。"留声机回答说。

"不管怎么样,你还是去别处吧。"奥乔说。

"等一下,"碎布姑娘大声说道,"我觉得这播放音乐的玩意儿还是蛮有趣的。记得我刚活过来时就听到了音乐。我想再听一下。你叫什么名字,可怜的受尽凌辱的留声机?"

"我叫维克多·哥伦比亚·爱迪生。"留声机回答道。

"好的,我就叫你维克吧,"碎布姑娘说,"来,演奏一首曲子吧。"

"你听了会发疯的。"玻璃猫提醒说。

"按照你的说法,我已经疯了。维克,没关系,放音乐吧。"

"我身上只有一张唱片,"留声机忙解释说,"就是我跟巫师吵架前他给我装上的那张唱片,是一首非常高雅的古典曲子。"

"一首什么?"碎布片问。

"一首古典乐曲,被认为是最杰出、但也是最难懂的曲子。听过之后,不管你喜不喜欢,你一定要说喜欢,即使你不喜欢,也要装作喜欢。明白了吗?"

“一点都不明白。”碎布姑娘说。

“那就听吧！”

留声机中马上传出音乐来。不一会儿，奥乔便用手捂住双耳，玻璃猫开始咆哮，碎布姑娘也哈哈大笑起来。

“关了，关了，维克，”她说，“够了。”

可留声机继续播放着那悲兮兮的曲调。奥乔一把抓住留声机的摇柄，用力一拧，将摇柄拔出，扔在地上。可是，摇柄刚着地，马上又弹回到留声机上，自动上好发条，音乐又开始响起。

“我们快跑吧！”碎布姑娘大声说道。大家拔腿便跑，沿着小路一路狂奔。留声机见状，便紧追不舍。它一边跑，一边放着音乐，还不停地责备道：

“怎么啦？难道你们不喜欢古典音乐吗？”

“不是的，维克，”碎布姑娘停止脚步说道，“不管是古典的，还是非古典的，都别播放了，因为我们不想毁掉对音乐的那么一点兴致。谢天谢地，我本来就没有神经，不怕什么刺激，可你那曲子把我的棉絮吓成了一团。”

“那就把唱片反过来吧，反面是一首拉格泰姆曲子。”留声机说。

“什么是拉格泰姆？”

“跟古典音乐相反的曲子。”

"好吧。"碎布姑娘说，同时把唱片翻了过来。

留声机里传出一阵高低不稳、乱七八糟的音调，让人听了迷惑不解。不一会儿，碎布片便用碎布围裙捂住那金喇叭，大叫起来："停下来——停下来！虽然和古典音乐有所不同，但也难听死啦！"

尽管被围裙塞住，可留声机还在一个劲地播放着。

"你要是再不关掉的话，我就砸烂你的唱片啦。"奥乔威胁说。

一听这话，音乐戛然而止。留声机晃动着喇叭，东看看，西望望，愤愤说道："又怎么啦？难道你们连拉格泰姆都不懂得欣赏吗？"

"碎布片应该懂得欣赏的，因为她自己也是乱七八糟的，"玻璃猫说，"可我受不了啦，连我的胡子都往上翘了。"

"确实很恐怖！"奥乔不寒而栗地说道。

"像我这样了不起的姑娘听了都要发疯了，"碎布姑娘小声说道，"你听我说，维克，"碎布姑娘解下围裙，将它抖了一下，然后又系在腰间，"你肯定是弄错了，你说的全不对。你就是个讨厌鬼。"

"音乐有魔力，即便是野蛮人听了，心灵也会趋于平静的。"留声机悲戚戚地说，它想为自己辩护。

“我们可不是野蛮人。我劝你还是回家，求得巫师的原谅吧。”

“我再也不会回去了！他会砸烂我的。”

“如果你留在这儿，我们也会把你砸烂的。”奥乔坚定地说。

“快走吧，维克，去找别的人吧，”碎布姑娘建议说，“找个十恶不赦的家伙，和他在一起，给他放音乐，直到他受不了而改邪归正。这样的话，你也算是为世人做了件好事了。”

听到此话，留声机默默地转过身，顺着一条岔路，朝远处一个芒奇金国的村落走去。

“我们也朝那边走吗？”捣蛋鬼急切地问。

“不是，”奥乔说，“我们应该笔直朝前走，因为这条路最宽敞，路面最平整。路上遇到人家时，可以顺便问一下去翡翠城的路。”

第八章

笨猫头鹰和聪明驴

他们继续往前走着，半小时后，终于看到了一间房子，比他们先前看到的两间都好。房子就在路边，门框上方有一块招牌，上面写着："笨猫头鹰小姐和聪明的驴先生：公众顾问。"

奥乔大声读着招牌上的字，碎布姑娘在一旁大笑道："太好了，我们可以在这里咨询一切问题，也许还有意外收获呢。我们进去吧。"

奥乔敲响了门。

"请进！"里面传来一个低沉的男人声音。

他们推开门，走进屋子，只见一头

浅褐色的小驴，腰间围着一条蓝色的围裙，头戴一顶蓝色的帽子，手拿一块蓝色的抹布，正在专心致志地擦拭着座椅。窗顶上方的一块隔板上，站立着一只很大的猫头鹰，一身蓝色的羽毛，头上戴着一顶蓝色的太阳帽，见来了客人，不停地眨巴着它那双圆圆的大眼睛。

"早上好，"小驴用低沉的声音打了个招呼，那声音听上去似乎不该是它这样的小驴发出来的，"你们来这里是有什么要咨询吗？"

"嗯，我们碰巧路过这里，"碎布姑娘回答说，"既然来到了这里，我们不妨就咨询一下吧。是免费的，对吧？"

"那当然，"小驴说，"提些建议不值几个钱——关键是你们要照着去做。恕我直言，到我店里来的客人还真不少，不过像你们这样奇怪的还真是少见。就凭你们的长相，我觉得你们最好去问那边的笨猫头鹰。"

他们转身看那猫头鹰，只见它拍动了几下翅膀，瞪着大眼睛瞧着他们。

"呼特……啼……吐特……啼……吐特！"猫头鹰大叫起来。

呼儿哈儿呀，

你们好吗？

谜底谜面呼，

图啦啦啰！

"比你吟的诗还恐怖，碎布姑娘。"
奥乔说。

"真是一派胡言！"玻璃猫说。

"但对愚蠢之人来说，可谓指点迷津
啊，"小驴却赞美道，"听我伙伴的话没
错的。"

猫头鹰又喃喃诉说起来：

碎布姑娘恢复了生命；

不是谁的情人谁的亲；

就是喜欢瞎胡闹，

人人把她恼。

"说得太好了！说得真是太好了！"小驴大声说道，同时扭过
头看着碎布姑娘，"你真是个奇葩，亲爱的，我想你就是朵绚丽
的绣球花。如果你是我的，我一定要戴上墨镜才能看你哦。"

"为什么呢?"碎布姑娘问。

"因为你太过艳丽了呀。"

"那是我的美丽让你眼花缭乱了,"碎布姑娘断言道,"你们芒奇金人总是穿着傻乎乎的蓝衣服,还总是自以为是,哪像我——"

"你说错啦,我不是芒奇金人,"小驴打断她说,"我是莫国人。我到奥兹国来的那一天,正好和奥兹国宣布跟外界隔绝是同一天,所以我只能留在了这里。不过在这里生活也确实挺快活的。"

"呼特……嘀……吐特!"猫头鹰又叫了起来:

南奇叔叔受了害,

奥乔去找配方来。

配方哪能很好找;

奥乔有得搞!

"那猫头鹰真的那么笨吗?"奥乔问。

"真是笨极了,"小驴回答说,"你看它说的都是些低俗不堪的话。奇怪的是,这只猫头鹰怎么会这么笨呢?一般来说,猫头鹰是很聪明的,所以笨的猫秃鹰就显得弥足珍贵了。你也许知道

吧，不管是人还是东西，只要与众不同，在智者眼里就一定是很
有意思的。"

猫头鹰再一次拍打着翅膀，喃喃说道：

做只玻璃猫真不易，
没有一只猫能那么奇；
它是那么的透明，
每个动作都看得清。

"你看到我粉红色的脑子了吗？"捣蛋鬼得意洋洋地问，"我
动脑筋时你可以看得清清楚楚的。"

"白天不行，"小驴说，"可
怜的猫头鹰白天看不清东西的，
可它的建议非常中肯，我劝你
们都听听吧。"

"可它并没给我们提任何建
议啊。"奥乔说。

"没有提建议？那你刚才听
到的那些甜美的诗歌又是什么
呢？"

"愚蠢的胡扯而已，"奥乔回答说，"碎布姑娘也会这些呀。"

"愚蠢！当然！说得对极了！愚蠢的猫头鹰一定是很笨的，不然它也就不叫笨猫头鹰了。你真会恭维我那伙伴。"小驴说道，两只前蹄不停地搓着，煞是开心。

"招牌上说你很聪明，"碎布姑娘对小驴说，"希望你能证明这一点。"

"完全可以呀，"小驴回答说，"你问吧，亲爱的碎布姑娘，片刻间我就能证明自己的聪明才智。"

"怎样才能去翡翠城？"奥乔问。

"走着去。"小驴说。

"这我知道。可我问的是应该走哪条路？"奥乔再次问道。

"当然是走黄砖路，它直通翡翠城。"

"那我们怎样才能找到黄砖路呢？"

"顺着你们现在走的路一直走下去，很快就能看到黄砖路的，而且很好辨认，因为到处都是蓝色，唯有那条路是用黄色的砖块铺成的。"

"谢谢啦，"奥乔说，"你总算是给了我一些指点。"

"你也就那么多聪明才智了吗？"碎布姑娘问。

"才不是呢，"小驴回答说，"我还知道许多事情，但你们是不会感兴趣的。我送给你们最后一句话：赶快上路吧，因为你们早一刻出发，就能早一刻到达奥兹国的翡翠城。"

"呼特……啼……吐特……啼……吐特……啼……吐！"猫头鹰
又开始大叫起来。

不管快慢，你快跑，
跑到哪里你不知道。
碎布姑娘呆头呆脑，
不管命运是好是孬，
遇到危险和烦恼，
有时急，有时笑——
跑到哪里你不知道，
我也不知，你快跑！

"我觉得这像是一种暗示。"
碎布姑娘说。

"那我们就听它的，赶紧上路
吧。"奥乔说。

于是，他们跟聪明的驴和笨
猫头鹰告别，踏上了的新征途。

第九章

遇上迷糊兽

"看来这一带的房子真的很少。"他们闷声走了好一阵子后，奥乔这样说道。

"没关系，"碎布姑娘说，"我们要找的不是房子，是黄砖路。在这忧郁沉闷的蓝色世界里，居然还能看到黄色的东西，真是太奇怪了。"

"在这个地方，还有比黄色更恶心的颜色呢。"玻璃猫满怀恶意地说。

"噢，你是在说你那引以为豪的粉红色的卵石，以及你那红色的心和绿色的眼睛吗？"碎布姑娘问。

"不是，我说的是你。这可是你

让我说出来的哦。"玻璃猫低声怒道。

"你是在妒忌我!"碎布姑娘大笑道,"就是用你的胡须来换取我身上的任何色彩,你也是求之不得的。"

"我才不要呢!"玻璃猫反驳说,"我的肤色是世界上最纯净亮丽的,根本就用不着美容师。"

"你就会胡说八道。"碎布姑娘说。

"你们别吵啦,"奥乔央求道,"我们任重道远。可你们这样吵吵闹闹的,弄得我信心都没有了。人若要勇敢,首先必须开心。所以,希望你俩能控制住自己,不要再吵了。"

他们又走了一会儿。突然,前面出现一道高高的栅栏,拦住了他们的去路。栅栏横跨路面,还圈起一小片森林,树木参天高大,茂密成荫。三位冒险家从栅栏的缝隙中望去,发现这片森林比他们以前见过的任何森林更加阴森恐怖。

他们很快又发现,脚下的路在这里拐了个弯,绕着栅栏而去。奥乔停止脚步,若有所思,因为他看见栅栏上有一块告示,上面写道:

小心森林中有迷糊兽!

"这么看来,"他说道,"栅栏里面的森林中有迷糊兽,那一

定是种很危险的动物，不然也不用这样来警告大家了。"

"那我们就不要靠近了，"碎布姑娘说，"这条路是在栅栏外面的，迷糊兽先生也许不想让外人进入它的小森林，大家还是小心一点吧。"

"可我们要做的其中一件事就是找到迷糊兽，"奥乔解释说，"巫师要我得到迷糊兽尾巴尖上的三根毛。"

"我们到别的地方看看，找另外一只迷糊兽，"玻璃猫提议说，"这一只肯定很凶恶、很危险的，不然也不会被圈起来了。说不定我们能找到一只温顺听话的迷糊兽呢。"

"应该没有别的迷糊兽了吧，"奥乔回答说，"告示上写的是'小心森林中有迷糊兽'，而不是'小心迷糊兽'，这说明全奥兹国只有这一只迷糊兽。"

"那我们就进去找它呗，"碎布姑娘说，"如果我们很有礼貌地请求他，让我们在它尾巴尖上拔三根毛，说不定它就不会伤害我们了。"

"拔毛很痛的，它一定会生气的。"玻璃猫说。

"这个你不用担心，捣蛋鬼，"碎布姑娘说，"一旦有什么危险，你只要爬上树就万事大吉了。奥乔和我才不怕呢，是吧，奥乔？"

"我……有点害怕的，"小男孩承认道，"可是为了救出可怜的南奇叔叔，这么一点危险是非冒不可的。问题是如何才能越过这栅栏呢?"

"爬过去。"碎布姑娘话音刚落，便开始爬上一排排的木条。奥乔也跟着爬起来，并发现比想象中要简单得多。到了栅栏顶部，他们又从另一边爬下去，很快便落在了栅栏的另一边。玻璃猫个儿小，直接从栅栏底部的缝隙中钻了过去。

这里并没有路，奥乔只好领着大家进入森林，穿梭于密密麻麻的树丛中，绕来绕去，最后终于来到森林中央。这里是一片空地，空地上有一个岩洞。

自进入森林以来，他们一路上并没碰到任何野兽，现在看到这个岩洞，奥乔便断定那一定是迷糊兽的洞穴了。

面对一头野兽，任何人都会心惊肉跳，更何况是一头从不知晓、连照片都未见过的野兽。所以，当这位芒奇金男孩和他的伙伴们站在洞穴口时，他的心几乎要从喉咙口跳出来了。那洞口方方正正，大小刚好容一头山羊出没。

"我猜迷糊兽正在睡觉，"碎布姑娘说，"我扔一块石头进去，把它弄醒，怎么样?"

"不行，不能这么做，"奥乔回答道，声音有些颤抖，"我们不能仓促行事。"

可是，已经由不得他们了，迷糊兽已听到了他们的说话声，

从洞里跑了出来。既然是唯一的迷糊兽，就是在奥兹国也是独一无二的，所以有必要在这里向大家好好描述一番。

这迷糊兽形状方方正正，表面虽然平整，但也有棱有角。它的头呈正方形，就像小孩子玩的积木；它没有耳朵，全凭头顶角落的两个孔来听声音。在正方形表面的中央，有一个扁平的鼻子，嘴巴就是靠近这块大积木下边的一条缝隙。迷糊兽的身体比它的脑袋大得多，但也呈积木状——宽度和高度是脑袋的一倍。它的尾巴也呈四方形，笔直笔直的，既短又秃，四条腿也是如此，各有四个平面。它的皮又厚又光滑，除尾巴尖上长有三根粗短的硬毛外，浑身上下再也找不到别的毛。迷糊兽全身都呈深蓝色，面目并不狰狞可怕，而是显得心平气和，滑稽可笑。

见有不速之客到来，迷糊兽将似乎装有铰链的后腿盘曲在一起，席地而坐，然后上下打量起来访者。

"哎呀，哎呀，"只听它大声说道，"你们几位看上去好奇怪啊！我还以为是那几个卑劣的芒奇金农夫又来招惹我了呢。既然是你们，我也就放心了。看得出来，你们几位非同寻常——尽管你我各不相同，但都是非同寻常——所以欢迎你们来到我的领地。这个地方很不错吧？但是很寂寞——寂寞得令人害怕。"

"那他们为何把你困在这里呢？"碎布姑娘问，对这个方方正正的怪异家伙，她满心好奇。

"因为我把这一带芒奇金农夫们的蜜蜂都吃光了。他们养了许多蜜蜂，用来采蜜。"

"你喜欢吃蜜蜂？"奥乔问道。

"非常喜欢，那味道真是美极了。可那些失去了蜜蜂的农夫们哪肯罢休，他们想杀了我。当然，他们是杀不了我的。"

"为何杀不了你？"

"我的皮既厚又坚韧，没有东西能刺透得了，所以他们根本伤害不了我。见杀不了我，他们就把我逼到这个森林里，四周还筑起栅栏，把我困在这里。这样做太不仁慈了，不是吗？"

"那你现在吃什么呢？"奥乔问。

"什么都没得吃。我曾经试着吃过树叶、苔藓和蔓藤，但都不合我的胃口。这里又没有蜜蜂，所以我有好多年没吃东西了。"

"那你一定饿极了，"奥乔说，"我篮子里有一些面包和奶酪，要不你吃一点？"

"给我一点试试看，吃了就知道合不合我的胃口了。"迷糊兽回答说。

奥乔揭开篮子，掰下一块面包，扔给迷糊兽。迷糊兽利索地张嘴接住，转眼间把面包吞进了肚里。

"这东西味道还不错，"迷糊兽说，"还有吗？"

"尝尝这奶酪吧。"奥乔说着，把一块奶酪扔进了迷糊兽的嘴里。

迷糊兽吃完奶酪，不停地舔着长长薄薄的嘴唇。

"太好吃了！"它满意地大叫起来，"还有吗？"

"有的是。"奥乔回答说。他在一个树桩上坐下，一块接一块地给迷糊兽喂面包和奶酪。很长时间过去了，不管小男孩掰下多少，面包和奶酪还是和原来一般大小。

"够啦，"迷糊兽终于说道，"我已经很饱了。这么奇怪的东西，吃了不会消化不良吧。"

"不会的，"奥乔说，"我也吃的。"

"嗯，真是太谢谢你啦，你来得太及时了，"迷糊兽感激地说，"为了表示感谢，说吧，我有什么可以帮你的。"

"我正有求于你呢，"奥乔真诚地说，"如果你愿意，还真能帮我这个忙。"

"是什么？"迷糊兽问，"说来听听，我一定帮你。"

"我——我想要你尾巴尖上的那三根毛。"奥乔吞吞吐吐地说。

"三根毛！哎呀，我就只有那三根毛——除了尾巴尖上，别的地方就没有了。"迷糊兽大叫起来。

"这我知道，可我真的非常需要这三根毛。"

"它们是我唯一的装饰品，也是我身上最漂亮的地方，"迷糊兽担忧地说，"如果我把这三根毛给了你，我——我不就成了傻子啦。"

"可是我真的非常需要它们。"奥乔执拗地说。他把事情的原委一五一十地说给迷糊兽听：南奇叔叔和玛格洛特遭遇了不幸，一种有魔力的药可以救他们，可这药的秘方中需要这三根毛。迷糊兽仔细听着，待奥乔说完后，它叹一口气，说道：

"我向来信守诺言。我长得方方正正，做事也得方方正正，并以此为荣。所以，我把那三根毛送给你，你不用客气。发生这样的事情，我再拒绝你的话，未免太自私了。"

"谢谢你！真是太谢谢你了！"奥乔开心地说，"我现在就可以拔吗？"

"你想什么时候拔就什么时候拔，随你便。"迷糊兽回答说。

于是，奥乔来到这只怪兽身边，抓住其中一根毛，开始向外拔。第一次没拔下，便加大了劲儿，可还是拔不下来，最后使出了浑身的劲儿，可那毛还是巍然不动。

"怎么啦？"迷糊兽问。为了拔下那根毛，奥乔使足了力气，在空地上把迷糊兽拖过来又拖过去。

"拔不下来。"奥乔气喘吁吁地说。

"我担心的就是这个，"迷糊兽说，"你再加一把劲儿。"

"我来帮你，"碎布姑娘说着，来到奥乔的身边，"你拉毛，我拉你，我们一起使劲儿，就一定能拔下来。"

"等一下！"迷糊兽大声说道。它来到一棵树旁，用两只前爪抱住树干，这样就不会被拖得满地转了。"好了，拔吧！"

奥乔用双手紧紧拽住一根毛，使出吃奶的力气，拼命往外拔。碎布姑娘将奥乔拦腰抱住，也用力拉起来。可那根毛依然一动不动，倒是奥乔的手滑落了下来。这下可好了，奥乔和碎布姑娘两个跌作一团，骨碌碌地滚向一边，最后砰的一声撞在了岩洞上。

"还是算了吧，"玻璃猫建议道，奥乔从地上爬起来，又搀扶起碎布姑娘，"我看即使是十几个大汉也未必能把毛拔下来。那毛一定是被钉在迷糊兽的厚皮底下的。"

"那该怎么办呢？"奥乔绝望地说，"如果我不能将这三根毛带回给驼背巫师，即使是得到了另外两样东西，也是没用的，我们仍然无法救活南奇叔叔和玛格洛特。"

"我看这下他们死定了。"碎布姑娘说。

"别在乎那么多啦，"玻璃猫插嘴道，"依我看，那位老大爷和玛格洛特根本就不值得我们这样大费周折，还是算了吧。"

奥乔虽不是这么想，可已是灰心丧气，他坐在一根树桩上，开始哭泣起来。

迷糊兽看着奥乔，思索着什么。

"你们为何不带上我呢？"迷糊兽问，"这样的话，最终回到

巫师家里时，他一定有办法拔下那三根毛的。"

一听这话，奥乔立刻破涕为笑。

"对啊！"他一边擦眼泪，一边笑着跳起来，"只要把那三根毛带给巫师就行，它们是拿在我手里还是长在你身上又有什么关系呢？"

"一点关系都没有。"迷糊兽赞成道。

"那就跟我来吧，"奥乔说，同时拿起篮子，"我们马上出发吧，你知道的，还有几样东西等着我去寻找呢。"

一旁的玻璃猫轻笑一声，讥讽地问道：

"那你想如何把这个庞然大物带出森林呢？"

一时间大家被问住了。

"我们到栅栏那儿去看看，说不定能找到办法呢。"碎布姑娘建议道。于是，大家穿过森林，来到当初翻越的栅栏旁。

"之前你们是如何进来的？"迷糊兽问。

"翻过来的。"奥乔回答说。

"这我可做不了，"迷糊兽说，"我是个飞毛腿，就连蜜蜂都能追上。我也能跳很高，所以他们才筑那么高的栅栏将我困在这里。可我不会爬越，块头又这么大，不可能从栅栏的缝隙中钻出去。"

奥乔绞尽脑汁。

"那你能挖地吗？"他问。

"不能，"迷糊兽说，"因为我没有利爪，脚底也是平平的。我也啃不了木块，因为没有牙齿。"

"如此说来，你一点都不可怕呀。"碎布姑娘说。

"你肯定没听过我的吼叫声，不然就不会这么说了，"迷糊兽说，"我的吼叫声像打雷一样，响彻山谷和森林，孩子们听了会吓得瑟瑟发抖，女人们听了会用围裙捂住耳朵，就是人高马大的农夫们听了，也会四处奔跑，找地方躲起来。我敢说，这世上没有什么比我的吼叫声更可怕的了。"

"那你千万别吼叫啊。"奥乔恳求道。

"我现在不会吼的，我又没生气。只有生气时，我才会发出令人心惊胆战、震耳欲聋的吼叫声。而且，我生气的时候，不管有没有吼叫，我的眼睛里会喷出火来。"

"是真的火吗?"奥乔问。

"当然是真的啦,难道你以为我眼睛里喷出的是假火吗?"迷糊兽问,仿佛受到了伤害。

"那样的话,事情就好办啦,"碎布姑娘高兴得手舞足蹈起来,"你们看啊,那栅栏是木质的,如果迷糊兽靠近栅栏,让眼睛喷火的话,就能将栅栏烧毁,这样,它就可以和我们一起轻而易举地走出去,重获自由。"

"啊,我怎么就没有想到过这个办法呢,要不然我早就获得自由啦,"迷糊兽说,"可是,除非我生气,不然我是喷不出火的。"

"那怎样才能使你生气呢?"奥乔问。

"让我想想。噢,对了,你对我说'克里兹勒——克鲁'。"

"这会让你生气吗?"奥乔问。

"非常生气。"

"这话什么意思啊？"碎布姑娘问。

"我也不知道。正因为不知道什么意思才会生气的嘛。"迷糊兽回答说。

只见它站在栅栏边，将头凑近一根木条，碎布姑娘随即大喊一声"克里兹勒——克鲁！"奥乔也随声喊道："克里兹勒——克鲁！"紧接着是玻璃猫："克里兹勒——克鲁！"迷糊兽开始气得瑟瑟发抖起来，两只眼睛里冒出点点火花。见此状况，他们三个一起大喊起来："克里兹勒——克鲁！"这下迷糊兽的眼睛中喷出好大一团火来，火花射到木条上，木条顿时冒起了烟，不一会儿便燃起熊熊大火。迷糊兽向后退过一步，得意洋洋地说：

"啊哈！这下没事啦。你们三个一起喊，真是个好主意。我可从没发过这么大的火哦。火花很漂亮，是不是？"

"就像烟火一样。"碎布姑娘赞叹道。

不多一会儿，栅栏就被烧出一个大窟窿来。大家从中钻了出去。奥乔顺手折了几根树枝，把火扑灭。

"不要把整个栅栏都烧了，"他说，"火焰一定会把芒奇金的农夫们引来，重新把迷糊兽抓回去的。我想，当他们发现迷糊兽跑了时，一定会大吃一惊的。"

"他们一定会这样的，"迷糊兽开心地咯咯笑起来，"见我跑了，农夫们一定很害怕，担心我会像以前一样，吃掉他们的蜜蜂。"

　　"你这么说倒是提醒了我，"奥乔说道，"你必须保证，和我们在一起时，不再吃蜜蜂了。"

　　"一只都不能吃吗？"

　　"一只都不能吃，不然你会给我们带来不必要的麻烦的。我们的麻烦已经够多了。我会喂你吃面包和奶酪，你想吃多少就吃多少，这下满意了吧。"

"那好吧，我保证不吃蜜蜂了，"迷糊兽开心地说道，"我说话算话，你就放心吧。我方方正正，做事也一定信守诺言。"

"那可不见得哦，"碎布姑娘开始发表自己的观点，她随大家一起，继续赶路，"外形并不能代表内心的诚实，不是吗？"

"当然能代表啦，"迷糊兽坚定地说，"比方说，没有人相信驼背巫师，因为他长得弯弯曲曲，可我迷糊兽长得方方正正，就是想说谎也说不来呀。"

"我既不是方方正正，也不是驼腰曲背。"碎布姑娘说，低头打量着自己丰满的身体。

"是的，你圆圆的，所以什么事都干得出来，"迷糊兽断言道，"亲爱的华丽小姐，我若有什么地方冒犯了你，请别见怪。很多绫罗绸缎都是金玉其外，败絮其中。"

碎布姑娘并不理解此话的含义，但心里还是疑惑不定，担心自己真的填满了烂棉絮。有时候，自己的身体就会往下沉，变得越来越矮，越来越胖，每当此时，她只能在地上打滚，直到身体再次伸长为止。

第十章

邋遢人的营救

大家走了不多远，一直跑在前
面的捣蛋鬼跑回来说，前面不远处
就是黄砖路了。一听它话，大家飞
奔向前，想看看这条著名的黄色之
路到底是什么样子的。

那是一条很宽的路，但蜿蜒曲
折，一点都不直，一会儿爬过一座
小山，一会儿又穿过一个山谷，哪
个地方好，就往哪个地方延伸。整
条路都是用亮黄色的砖头铺成的，
路面很是平整，只是个别几个地方
的砖块已破碎或残缺，显得坑坑洼
洼的，一不小心就可能会摔倒。

"该往哪边走呢？"奥乔朝路的两头望了望，说道。

"你们准备去哪里？"迷糊兽问。

"翡翠城。"他回答说。

"那就朝西走吧，"迷糊兽说，"这条路我很熟，我经常在这路上捉蜜蜂的。"

"那你去过翡翠城吗？"碎布姑娘问。

"没去过。我天生怕羞，相信你们已经注意到了。我很少和社会上的人来往。"

"那你害怕见到生人吗？"碎布姑娘问。

"我？害怕？我吼一声就能让人吓破胆，让人瑟瑟发抖，怎么会害怕呢？我可不怕，我什么都不怕。"迷糊兽大声说道。

"真希望我也有你这样的胆识，"奥乔叹口气说道，"但我觉得到翡翠城去没什么好害怕的，因为南奇叔叔跟我说过，我们年轻的女王奥兹玛非常谦和仁慈，愿意帮助任何有困难的人。不过听说通往美丽的仙灵之都的路上会险象环生，所以我们一定要多加小心。"

"希望没有东西能够将我砸碎，"玻璃猫紧张兮兮地说，"你们都知道，我是易碎品，经受不起多次重大打击的。"

"如果有什么东西把我身上绚丽的色彩弄化了，我的心也就碎了。"碎布姑娘说。

"你有什么心呀。"奥乔提醒她说。

"那棉花也会碎啊，"碎布姑娘坚持道，"奥乔，你觉得时间久了这些颜色都会褪掉吗？"她忧心忡忡地问。

"我可是看见你一直在跑，从来都没有退过啊。"奥乔开玩笑地说。他望着前方，突然叫喊起来："噢，多么漂亮的树啊！"

那些树看上去确实很漂亮。大家一起跑上前，想看得更仔细些。

"噢，它们根本不是树，"碎布姑娘说道，"只是一种巨大的草本植物。"

它们真的不是树：一片片宽大的叶子直接从地上长出来，高高地伸向空中，高度是碎布姑娘的一倍，而碎布姑娘比奥乔还要高。路的两旁全是这种植物，每一棵植物长有十几张这样的大叶子，尽管没有一丝风，可这些大叶子还是不停地来回摆动着，而最令人称奇的是这些大叶子的颜色。它们的底色呈蓝色，可蓝色中还不时地闪烁着其他一些颜色——先是灿烂的黄色，慢慢变成粉红色、紫色、橙色和猩红色，还掺杂着较为素净的褐色和灰色——闪烁的色彩或是片状的，或是条状的，满叶子都是。一瞬间这些色彩又都消失得无影无踪，取而代之的是另外一种颜色和另外一种形状。

这些大叶子变幻莫测的色彩煞是好看，但也令人眼花缭乱。

我们的小冒险家们被这新奇的景象所吸引，纷纷凑近那些植物，着迷地观赏着。

突然，有一片叶子垂下来，碰到了碎布姑娘的身体，紧接着，又用那厚厚的叶子把碎布姑娘严严实实地包裹了起来，然后摆动着回到原状，挺立在高高的叶柄上。

"哎呀，她被卷走啦！"奥乔倒吸一口冷气，大声叫喊起来，再仔细一听，包裹着的树叶中传来碎布姑娘闷声闷气的喊救命的

声音。还没等他想出救她的办法，又有一片叶了弯下来，逮住了玻璃猫，也将它严严实实地裹起来，然后叶柄一挺，回到原状。

"小心啦，"迷糊兽大叫道，"跑呀！快跑呀！不然你也没命啦。"

奥乔扭头一看，发现迷糊兽正在狂奔，但还是被一排中最后一张叶子卷住，转眼间便消失得无影无踪。

奥乔根本没有逃脱的机会，六片大叶子从不同的方向向他袭来。就在他犹豫不决的当口，其中一片叶子将他紧紧裹住，他顿时陷入一片漆黑之中。他觉得自己被缓缓托起，最后停留在半空中，晃来荡去，身体被叶子紧紧裹住。

一开始他还拼命挣扎，生气地大声嚷嚷："放我走！放我走！"可一切都是徒劳无果，叶子将他裹得结结实实，他俨然就是一名囚徒。

奥乔只得作罢，开始努力思考起来。想到他所有的小伙伴都跟他一样被抓住，没有人能救他

时，不免感到一阵绝望。

"我早就应该想到的，"他伤心地哭着，"我是不幸儿奥乔，不幸的事情早晚是会发生的。"

他用力推了下裹着自己的叶子，发现叶子软软的，但很厚，很结实，就像一条巨大的绷带，将他牢牢绑住。他想挪动一下身子、抬一下手脚或改变一下姿势，可就是动弹不了。

时间在一分一秒中流逝，很快，几个小时过去了。奥乔想，他们能在这样的环境中支撑多久呢？这叶子会不会把自己当养分，慢慢汲取自己的元气，直到最终死去？这位芒奇金男孩尽管从未听说过在奥兹国有人死去，可他知道每一个人都会遭受巨大的痛苦。他眼下最大的恐惧，就是担心自己将被终身囚禁在这漂亮的叶子中，永不见天日。

叶子外面没有一点声响，四周死一般的寂静。奥乔不知道碎布姑娘是否已停止了叫喊，或者是厚厚的叶子挡住了她的叫喊声，自己不能听到。又过了一阵，他似乎听到了一声口哨声，像是有人在吹一首曲子。没错，的确是有人在吹口哨，他可以明确断定，因为他熟悉这个旋律，是一首优美的芒奇金歌曲，南奇叔叔以前给他唱过。那口哨声低沉委婉，尽管很是微弱，奥乔听来却是非常清晰悦耳。

难道这种叶子会吹口哨？奥乔深感疑惑。口哨声越来越近，

最后仿佛就在裹着他的叶子的外面。

突然，整张叶子连同奥乔一起倒塌下去。奥乔直挺挺地摔倒在地，卷紧的叶子也慢慢舒展开来，将他松开。奥乔迅速爬起，发现眼前站着一个陌生男人，长得很是稀奇古怪。奥乔吃惊地瞪大了双眼。

此人身材高大，胡须、眉毛、头发都是乱蓬蓬的，但那双温和的蓝眼睛如同母牛的眼睛，流露出仁慈的眼神。他头戴一顶绿色天鹅绒帽子，帽圈上镶满宝石，但整个帽檐已是蓬松起毛。脖子上的饰带色彩艳丽，但也已是蓬松起毛。外套的边缘也已被磨损得乱毛蓬起，显得邋里邋遢的，但纽扣却是钻石做的。他穿一条天鹅绒马裤，膝盖部位缝着宝石扣，可屁股部位也已起毛，乱蓬蓬的一大片。胸前挂着一枚印有奥兹国多萝西公主图像的大像章。那人站在那里，手中握着一把锋利的短剑，双眼紧盯着奥乔。

"啊！"看到眼前这位怪人，奥乔吓得大叫起来，半晌后又怯生生地问道，"刚才是谁救了我，先生？"

"你看不出来吗？"那人微笑着说，"我就是传说中的那个邋遢人。"

"嗯，嗯，我能看出来，"奥乔忙点头说，"刚才是你把我从叶子里救出来的吗？"

"除了我还有谁啊。你可要小心了，不然我下次还得救你。"

奥乔往后跳开一步，因为他看见几张大叶子正在向他伸过来。只听邋遢人再一次吹起口哨，顿时，那几张大叶子挺起叶柄，直直的，恢复了原状。

邋遢人一把抓住奥乔的手臂，领着他沿大路跑开，直到远离最后一棵植物，奥乔再也不会被抓住时，邋遢人才停止吹口哨。

"你看，音乐能对它们施魔法，"邋遢人说，"唱歌或吹口哨——无论哪一种——都能使它们老老实实的。可除此之外，再也没有别的办法了。我经过它们时都会吹口哨，所以总能顺利通过。我今天路过时也吹着口哨，可发现一张叶子卷曲着，就知道里面一定有东西，于是就用这把刀把叶子砍了，你'噗'的一声掉了出来。你看，幸亏我路过吧。"

"你真是个好人，"奥乔说，"谢谢你。可是你能把我的伙伴也救出来吗？"

"你还有伙伴？"邋遢人问。

"这些叶子把他们全都卷起来了，"奥乔说，"一位是碎布姑娘，还有——"

"一位什么？"

"哦，是一位用碎布片拼接而成的姑娘，她获得了生命，取名叫碎布姑娘。还有一只玻璃猫——"

"玻璃的？"邋遢人问。

"全身都是玻璃的。"

"也是活的吗？"

"是的，"奥乔说，"它有粉红色的脑子。另外还有一只迷糊兽——"

"迷糊兽是什么玩意儿？"邋遢人问。

"呃，这个，我——我也说不上来，"奥乔不知所措，"反正是一种很奇特的动物，尾巴尖上有三根毛，可就是拔不下来，还有——"

"什么东西拔不下来？"邋遢人问，"尾巴吗？"

"是那三根毛拔不下来。如果你愿意出手相救的话，就能看到它了，也就知道迷糊兽是什么样子的了。"

"我当然愿意啦。"邋遢人点了下邋遢的脑袋。他转过身，吹着口哨，回到大叶子中间，不一会儿，便发现了那三片裹着奥乔伙伴的大叶子。他砍下的第一片叶子里出来的是碎布姑娘，一看到她，邋遢人便缩回他的邋遢脑袋，张开大嘴巴，粗野但又非常开心地大笑起来。碎布姑娘一下就喜欢上了他。邋遢人脱下帽子，对着她微微鞠了个躬，说道：

"亲爱的姑娘，你真是一大奇葩，我一定要把你介绍给我的朋友稻草人。"

他砍下第二片叶子，救出了玻璃猫。捣蛋鬼惊恐万状，刚着地便一溜烟地跑开了，不过很快又回来，在奥乔身旁坐下，一边气喘吁吁，一边抖个不停。裹住迷糊兽的是一排叶子中的最后一片大叶子，卷起的叶子中间鼓鼓的，一看就知道里面裹着一个大家伙。邋遢人用锋利的短剑割断叶柄，叶子"啪"的一声掉在地上，慢慢舒展开来。迷糊兽从里面出来后，拔腿便跑，以免再遭危险。

第十一章

好朋友

很快，小伙伴们聚集在黄砖路上，远离那些看似漂亮却又暗藏危险的植物。邋遢人满怀兴趣地看看这个，又看看那个，一副很开心的样子。

"自从我来到奥兹国，看到的稀奇古怪的东西不在少数，"他说，"可从未见过比你们几位还要奇怪的。我们就在这里坐一会儿，聊一聊，相互认识一下吧。"

"难道你以前不住在奥兹国？"芒奇金男孩问道。

"不错，我以前住在外面的大

世界里。有一次我随多萝西来到了奥兹国，奥兹玛就让我留了下来。"

"你觉得奥兹国怎么样？"碎布姑娘问，"这个地方很好，气候也不错，是吧？"

"这里是世界上最美好的地方，就是在所有的仙境中，也是如此。生活在这样的地方，我真的很高兴，"邋遢人说，"对了，说说你们的事吧。"

于是，奥乔讲述了他去驼背巫师家拜访的经过，在那里如何遇见了玻璃猫，碎布姑娘如何获得了生命，还有南奇叔叔和玛格洛特的可怕遭遇等。他又告诉邋遢人，为了使已变成石像的南奇叔叔和玛格洛特重新获得生命，驼背巫师需要五样东西来炼制一种解药，其中一样就是迷糊兽尾巴尖上的三根毛。

"我们找到了迷糊兽，"奥乔解释说，"它也同意把那三根毛给我们，可那三根毛就是拔不下来，所以我们只能带上迷糊兽一起走了。"

"哦，原来是这样啊，"邋遢人听得津津有味，他回答奥乔说，"你看我长得又高又大，也许可以把迷糊兽尾巴上的三根毛拔下来。"

"那你试试看。"迷糊兽说。

邋遢人试了起来。可是，他费了九牛二虎之力，也没有拔下一根毛来。他重新坐在地上，用一块邋遢的丝手帕拭擦自己那张邋遢的脸，然后说道：

"看来你们只好带上迷糊兽一起去找剩下的几样东西了。找到之后，再领着它去见驼背巫师，让他想办法把这三根毛拔下来。你们还要找什么呢？"

"其中一样是六叶草。"奥乔说。

"这只有在翡翠城附近的田野里才能找到，"邋遢人说，"可按照法律，六叶草是不允许摘采的。不过我想，我可以说服奥兹玛，准许你们摘一棵。"

"谢谢你，"奥乔说，"还有一样是黄蝴蝶的左翅膀。"

"这个你们必须去温基国找，"邋遢人说，"我从未注意过那里的蝴蝶，但那里是奥兹国的黄色之邦，由我的一位朋友管辖，人称铁皮樵夫。"

"噢，我听说过他！"奥乔大声说道，"他一定是个了不起的人。"

"他确实很了不起，心底也很善良。我相信，铁皮樵夫一定会竭尽所能，帮你救活南奇叔叔和可怜的玛格洛特的。"

"我还必须找到一口黑井，从中获得一吉耳的水。"芒奇金男孩继续说道。

"真的！哎呀，这可难多了，"邋遢人说，他犯难地抓挠着自

己的左耳朵，"我可从未听说过有什么黑井，你呢？"

"我也没听说过。"奥乔说。

"那你知道哪里可以找到吗？"邋遢人问。

"我不知道。"奥乔说。

"那我们去问问稻草人吧。"

"稻草人！可是，先生，稻草人怎么会知道呢？"

"我承认，绝大多数的稻草人是不知道的，"邋遢人回答说，"可我说的这位稻草人很是聪明，他称自己的脑子是全奥兹国最好的。"

"比我的还好吗？"碎布姑娘问。

"比我的还好吗？"玻璃猫也应声道，"我的脑子可是粉红色的，动脑筋的时候你们可以看得清清楚楚的。"

"是的，稻草人动脑筋的时候你是看不见的，可他能想出许多好主意啊，"邋遢人肯定地说，"如果说有人知道哪里有黑井的话，那个人一定是我的朋友稻草人。"

"那他住在哪儿呢？"奥乔问。

"他在温基国有一座辉煌的城堡，离他的朋友铁皮樵夫的宫殿很近。人们经常可以在翡翠城找到他，因为他常去王宫看望多萝西。"

"那我们可以去问问他有关黑井的事。"奥乔说。

"驼背巫师还需要什么呢？"邋遢人问。

"活人身上的一滴油。"

"噢，可世上哪会有这样的东西啊。"

"一开始我也是这么认为的，"奥乔回答说，"可驼背巫师说，世上如果没有这东西的话，秘方上就不会写出来了。因此，我一定要找到它。"

"那我祝你好运，"邋遢人说，将信将疑地摇了摇头，"可我还是觉得要从活人身上取一滴油是很难的，人身上只有血，哪来的油呢？"

"我的身上有棉絮。"碎布姑娘一边说，一边手舞足蹈起来。

"对此我深信不疑。"邋遢人敬佩地说，"你本来就是一条很普通的被罩，能够拼接得如此可爱已经很不错了。你身上缺乏的是正经。"

"我讨厌一本正经，"碎布姑娘说着，一脚把一颗小石子踢到了半空中，待小石子落下时又用手接住，"世上有一半的傻子和所有的聪明人都是一本正经的，我既不是傻子，也不是聪明人。"

"她完全就是个疯子。"玻璃猫说。

邋遢人哈哈大笑起来。

"她有她的可爱之处，"他说，"我相信多萝西一定会喜欢她的，稻草人也会溺爱她的。你们不是说要到翡翠城去吗？"

"是的，"奥乔回答说，"我觉得我们还是先到那里去，因为在那里可以找到六叶草。"

"我和你们一起去，"邋遢人说，"我还可以给你们领路呢。"

"那真是太谢谢你了，"奥乔开心地说，"希望不会给你带来什么不便。"

"不会的，"邋遢人说，"我本来就是闲云野鹤，一辈子都是云游四海。尽管奥兹玛在她的宫殿里给我留了一套漂亮的房间，可我就是个不愿消停的人，偶尔还是会到处游荡。这次我从翡翠城出来已有好几个星期了，遇上你和你的朋友们，我真的很高兴，所以我愿意陪你们到奥兹国里伟大的翡翠城去，把你们介绍给我的朋友们。"

"那真是太好了。"奥乔感激地说。

"希望你的那些朋友们不会是一本正经的吧。"碎布姑娘说。

"有些是，有些不是，"邋遢人回答说，"可我从不对我的朋友评头论足，如果真的是肝胆相照的朋友，不管他们是怎样的人，我都不会在乎的。"

"嗯，倒是有几分道理，"碎布姑娘说，赞同地点了下她那奇怪的头，"走吧，我们快些到翡翠城去吧。"话音刚落，便蹦蹦跳跳地向前跑去，然后转过身，等待着大家。

"从这里到翡翠城还有很长一段距离呢，"邋遢人说，"今天

到不了，明天也到不了，所以我们还是悠着点吧。可以说，我是个旅游老手了，我发现，只要我行事匆忙，就什么事都办不成。因此，我的原则是'悠着点'。即使心里很着急，也要尽量沉住气。"

在黄砖路上走了一阵后，奥乔感到饿了，想停下来吃些面包和奶酪。他掰了一些给邋遢人，邋遢人谢了他，但没有接受。

他说："我每次出门旅游，都会带上足够的美餐，供自己吃上几个星期。既然现在停下来了，我就可以美美地吃上一顿了。"

他边说边从口袋里掏出一个瓶子，轻轻抖了一下，里面掉出一粒像奥乔手指甲般大小的药丸。

邋遢人告诉大家说："这就是我的美餐，高浓度浓缩的，由皇家体育学院伟大的环状甲虫教授发明。里面包含汤、鱼、烤肉、色拉、苹果布丁、冰淇淋和巧克力。所有这些放在一起，浓缩成这么小小的一片，携带起来很是方便，肚子饿了，想吃美餐的时候，拿出来就可以吃了。"

"我方方正正，凡事都讲究完美，"迷糊兽说，"既然是美餐，就给我一片吧。"

邋遢人从瓶子里倒出一片药丸给迷糊兽，迷糊兽一口就把它吞进了肚子里。

"你这一口就吃了六道菜啊。"邋遢人说。

"呸！"迷糊兽一点都不感恩地说，"我想好好品味一下，却什么味道都没尝到，还美餐呢，一点劲都没有。"

"吃东西仅仅是为了维持生命，"邋遢人说，"那药丸虽小，但能抵过一大堆其他的食物。"

"我才不稀罕呢。我想吃有嚼劲、有滋有味的东西。"迷糊兽咕哝着说。

"可怜的家伙，你完全理解错啦，"邋遢人不无怜悯地说，"想想看啊，这样一顿丰盛的美餐如果没有被浓缩，你一点点地细嚼慢咽，你的嘴巴会有多累多酸啊，现在只是小小一片，一咽下去就完事了，省去多少麻烦啊。"

"细嚼慢咽一点都不累，那是一种乐趣。"迷糊兽固执己见。

"我抓蜜蜂吃的时候，都是细嚼慢咽的。还是给我一些面包和奶酪吧，奥乔。"

"不行，不行！你已经吃了很多啦！"邋遢人赶忙阻止说。

"也许是吧，"迷糊兽回答说，"可我就是想嚼一点面包和奶酪，让嘴巴过过瘾。吃了你那么多的东西，我也许不会饿了，可我觉得吃东西讲究的是品味。我就喜欢慢慢品尝吃在嘴巴里的东西。"

奥乔给了迷糊兽面包和奶酪，可邋遢人摇着邋遢的脑袋，指责迷糊兽顽固不化，是天底下最大的傻瓜。

这时，传来一阵急促的噼噼啪啪的脚步声，大家抬头一看，原来是留声机，活生生地站在了他们的面前。自从上次跟奥乔他们分手后，这家伙似乎经历了许多磨难，因为它木盒子表面的油漆有好多都碰落了，有的地方还被撞瘪了，还有的地方被擦坏了，给人一种饱经沧桑和破烂不堪的感觉。

"天哪！"奥乔看着他，大叫起来，"你发生什么事啦？"

"没什么，"留声机惨兮兮地说，声音很沮丧，"自从和你们分手后，人们总是往我身上扔东西，那些东西放在一起都可以开个百货公司了，放到二手市场去卖的话，都可以装满好几个柜子了。"

"你被砸得遍体鳞伤，是不是不能再放曲子了呢?"碎布姑娘问。

"不，我还能奏出美妙的乐曲。我现在手头就有一张非常好听的唱片。"留声机越说越兴奋。

"太糟糕了，"奥乔说，"你作为留声机，我们并不讨厌你，可你放出来的曲子，实在是不敢恭维。"

"那为何把我发明出来呢?"留声机愤然反问。

大家面面相觑，不知如何回答这一令人费解的问题。最后，还是邋遢人打破了僵局。他说:

"我很想听听这留声机能放出什么样的曲子来。"

奥乔叹一口气，说道:"先生，自从我们遇见你，大家一直很开心的。"

"我知道，我知道。但偶尔遇到点痛苦可以让人更加懂得什么才是幸福。告诉我，冒牌货，刚才你说手头有现成的唱片，那到底是什么样的唱片呢?"

"那是一首流行歌曲，先生。在所有的文明国家里，老百姓都因为这首歌曲而发狂。"

"让文明人变成疯子，是这意思吗？那太可怕了吧。"

"我的意思是大家都非常喜欢这首歌，"留声机解释说，"听了这首歌，你就会知道，那是一种少有的享受。歌曲的作者也因此而发了大财——仅仅是位作者哦。这首歌的歌名是《我的露露》。"

留声机开始播放这首歌。先是一阵奇怪的、不平稳的曲调，紧接着传出一个鼻音很重的男声，音质非常饱满有力。他唱道：

啊，我要我的露露，我的黑珍珠露露；

啊，我要我的露——露，露——露，露——露，露！

啊，我爱我的露露，我的黑珍珠露露，

人见人爱的露——露，露！

"喂——赶快关掉！赶快关掉！"邋遢人猛地跳起来，大声叫道，"你怎么能播放这么不健康的东西呢？"

"这是最新的流行歌曲。"留声机生气地辩解说。

"流行歌曲？"

"是的。这种歌曲低能儿也能记住歌词，不懂音乐的人也能吹上一段口哨，或哼上几句。这就是流行歌曲的特点。你看着吧，在不久的将来，流行歌曲必将取代所有其他的歌曲。"

"对我们而言，你的那个将来永远也不会到来，"邋遢人严肃地说，"我可以算得上是位歌手了，可我不想被你那什么露露、黑珍珠之类的扼住喉咙。我必须把你拆了，冒牌货先生，然后把你的零部件扔向各处，免得你肆无忌惮，到处乱跑，把遇见你的人引入歧途。在完成这讨厌的任务后，我就要——"

没等邋遢人把话说完，吓得魂飞魄散的留声机早已转过身，甩开四条桌子腿，拼命地跑开了，不一会儿便消失得无影无踪。

邋遢人再一次坐下，非常满意地说："我今天拆不了这留声机，早晚会有人把它拆了的。因为播放这种歌曲的留声机在奥兹国是没有立足之地的。朋友们，待你们歇够了，我们就上路吧。"

下午时分，大伙发现来到了一个荒无人烟的地方，田地没人耕作，放眼望去，一片荒芜景象。黄砖路似乎也无人管理，路面高低不平，很难在上面行走。路的两旁布满矮小的灌木丛，乱七八糟的大石头到处可见。

但这些并没吓到奥乔和他的伙伴们，大家步履艰难地继续往前走，不时说个笑话，打个趣，艰难的旅途顿时变得轻松起来。傍晚的时候，大伙眼前出现了一股清泉，原来是从路边一块高大的岩石上喷涌而下的。清泉旁边有一间小屋，看样子已好久没人住过了。邋遢人停住脚步，大声说道：

"这是个可以遮风挡雨的地方，还可喝上清澈的水，我们不

妨就在这里过夜吧。再往前道路就更难走了，将是最艰难的一段路，所以，今晚我们就在这里好好休息，养精蓄锐，迎接明天的挑战。"

大家一致同意这个提议。奥乔在小屋里找到一些干柴，生起了炉子。看到炉火，碎布姑娘很是兴奋，不免手舞足蹈起来。奥乔见状，警告她小心，免得引火烧身。碎布姑娘很听他的话，离蹿起的火舌远远的。迷糊兽却像一条大狗一样，在炉火前躺下，享受着令人惬意的温暖。

吃晚饭的时候到了，邋遢人吃了一片他的美餐药丸，奥乔还是津津有味地吃着面包和奶酪，而且还给了迷糊兽一份。

夜幕降临了，大家围在炉火前，席地而坐——屋子里空荡荡的，什么家具都没有——奥乔对邋遢人说：

"你能给我们讲个故事吗？"

"我不擅长讲故事，"邋遢人回答说，"可我会像鸟儿般歌唱。"

"像渡鸟，还是像乌鸦？"玻璃猫问。

"当然像夜莺啦，我马上证明给你们看。我就唱一首我自己创作的歌吧，但不要告诉任何人，说我是一位诗人，他们会让我写书的。也不要告诉任何人，说我能唱歌，要不然他们会让我去灌唱片，然后让那可怕的留声机播放。我可没时间为公众提供消遣，这首歌就只唱给你们听吧，为大家助助兴。"

　　得到这样的特殊待遇，大家很是高兴，便饶有兴趣地听了起来，邋遢人用甜美的旋律唱道：

　　　　我来唱一唱奥兹国，那里的生物真稀奇，
　　　　鲜花、果实、村舍藏在每一个山谷里。
　　　　那里魔幻是科学，没人会吃惊
　　　　如果神奇的事儿在他眼前显形。

　　　　女王是位迷人的姑娘，仙女们都愿她高兴；
　　　　她总是握着神奇的权杖发布着命令，
　　　　让她的人民幸福，因为她心地善良，
　　　　帮助贫困、苦难者是她的行动和愿望。

　　　　有位公主多萝西，就像玫瑰花般可爱，
　　　　她来自堪萨斯，我想那里长不出仙女来；
　　　　还有聪明的稻草人，肚里稻草塞得紧，
　　　　说的话语好聪明，我们都崇敬。

　　　　我不会忘尼克，那个铁皮护林人，
　　　　他的心肠善，认为浪费时间是罪行；

也不会忘记老教授，他被放大好几倍，
在众人面前别提有多美。

老友杰克南瓜蛋，他该叫作大笨蛋，
但他出了名，骑着那个神奇的笨瓜蛋；
锯木架是匹骏马，虽然它是木头制成，
它做出许多绝技，比真的马还神。

现在要介绍人人崇拜的怪兽——
胆小狮，它吼一声自己都发抖，
但它做出了狮子中最勇敢的事情，
因为它知道胆子小可不行。

还有滴答人，他可是个机器人——
只要发条上紧，便可说话，走路也行；
还有饥饿虎，它喜欢吃小宝宝，
但它从不吃，我们把他喂饱。

这高贵的土地上神奇的怪物真是多，
说多了你们要嫌我太啰嗦；

但注意我还要说一只聪明的黄母鸡

和九只小猪猡，它们住在金色的猪圈里。

搜遍这世界，航海几万里——

没有哪个民族比它更神奇；

现在我们的稀有博物馆将收藏

一只玻璃猫、一头迷糊兽，还有碎布姑娘。

奥乔非常喜欢这首歌，不停地拍手鼓掌，碎布姑娘学他的样，也拍着塞满棉花的手指，尽管拍不出一点声响。玻璃猫用玻璃爪子拍打着地板——当然是轻轻地，以免把爪子敲碎——而那迷糊兽呢，一直在呼呼大睡，醒来时还问大家，为何如此热闹。

"我很少在公众场合唱歌，因为怕他们让我去办什么歌剧院，"邋遢人说，见自己的歌如此受人赏识，心里很是高兴，"刚才唱得不是很好，因为很久没练嗓子了，都快要哑了。"

"快告诉我，"碎布姑娘热切地说，"你刚才唱到的那些稀奇古怪的人，奥兹国真的都有吗？"

"真的都有。我还忘了一位呢：多萝西的粉红色小猫。"

"我的天哪！"一听这话，捣蛋鬼大叫起来，立马坐直身子，露出满脸的兴趣，"一只粉红色小猫？太不可思议了！也是玻璃

124

的吗?"

"不是,就一只很普通的猫。"

"那就没什么稀奇的了。你们看,我有粉红色的脑子,动起脑筋来你们可以看得一清二楚的。"

"多萝西的小猫全身都是粉红色的——包括脑子,什么都是粉红色的——除了眼睛是蓝色的。它的名字叫尤若佳,在皇宫里可受喜爱呢。"邋遢人打了个哈欠,说道。

玻璃猫似乎很生气。

"你觉得一只粉红色小猫——而且还可以作为普通肉来吃的——能跟我媲美吗?"

"那可说不准,各有所长吧,你应该知道的,"邋遢人回答说,又打了个哈欠,"不过有一点你可要记住了:你要跟尤若佳

和睦相处，这样你在皇宫内的地位才会牢固。"

"我现在就很牢固，我这玻璃可牢固着呢。"

"跟你说了你也不懂，"邋遢人回答说，一副睡意朦胧的样子，"不管怎么说，和粉红色小猫搞好关系就可以了。一旦被它瞧不起，你可就要小心了，有人会把你砸烂的。"

"皇宫里会有人砸一只玻璃猫吗？"

"很有可能的，谁都说不准。你叫的时候声音要柔和些，样子也要尽量谦卑一点。就说这些了，我要睡了。"

伙伴们都已进入了梦想，唯有捣蛋鬼还在反复思考着邋遢人刚才说的一番话，粉红色的脑子滴溜溜地转个不停。

第 十 二 章

大豪猪

第二天天刚蒙蒙亮，大伙儿便早早出发，沿着黄砖路向翡翠城进发。长途跋涉使芒奇金的小男孩觉得有些疲乏，但他明白，自己还要面对很多的事情。想到很快就要到达的翡翠城里有许多稀奇古怪的、不认识的人，他真的有点害怕见到他们，不知他们是否友好善良。但一想到自己这次到翡翠城去的重要任务，便又暗下决心，一定要竭尽全力，找到魔方的配料。他明白，南奇叔叔一天不活过来，自己就一天不会开心。他常常希望，南奇叔

叔若能跟自己在一起，看到那些稀奇古怪的事情，那该有多好啊。可是，此时的南奇叔叔却是驼背巫师家的一尊石像，因此，他奥乔一定要把他救活过来。

他们经过的地方依然是怪石嶙峋，满目凄凉，只是偶尔会见到一个灌木丛或一棵树，给这悲凉的景象带来一丁点儿的生机。奥乔特别注意到了一棵树，叶子长长的，覆有丝状软毛，树的形状也很漂亮。他朝那棵树走去，因为他想知道，树上是否结有什么果子，或者开着什么漂亮的花。

突然，他觉得有点不对劲。看到那棵树已有些时间了——至少有五分钟了吧——尽管自己一刻不停地向前走着，可那树总跟他保持着相同的距离。他猛地停止脚步，可是，他刚停下来，那棵树和周围的一切，包括他的几个同伴，都只管继续向前移动，很快，他被远远地抛在了后面。

奥乔大吃一惊，叫喊起来，惊动了邋遢人，他即刻停止脚步。其他人也跟着停了下来，回到奥乔的身边。

"出什么事啦？"邋遢人问。

"你们发现没有，我们走得很快，却没有前进半步，"奥乔说，"我们现在停了下来，可却是在往后退啊！你们看不出来吗？看一下那块石头就知道了。"

碎布姑娘低头看着自己的脚下，说："黄砖并不在移动啊。"

"可整条黄砖路在移动。"奥乔回答说。

"是的，说得一点没错。"邋遢人说，"这条路我知道，确实很诡异，但刚才我在想别的事情，没注意到我们已来到了这里。"

"这样下去我们会回到起点的。"奥乔开始紧张起来。

"不会的，"邋遢人说，"不会发生种情况的。我知道一个办法可以对付这条诡计多端的路。要知道，我以前来过这里。你们全体调头，往回走。"

"这样做有用吗?"猫儿问。

"只要听我的话，你就知道有没有用了。"邋遢人说。

于是，大家转过身，朝相反的方向走去。很快，奥乔发现他

们真的在前进了。就这样用这种奇特的方式走着，不多一会儿，他们经过了那棵树。要不是这棵树引起了他的注意，还不知他们会遇上多大的麻烦呢。

"我们这样还要走多久啊，邋遢人？"碎布姑娘问，她不时跌倒，或者被绊倒，可总是哈哈大笑着爬起来，一笑了之。

"再走一会儿就行了。"邋遢人回答说。

几分钟后，他让大家迅速转身，然后往前走。大伙听从他的指挥，心里也就踏实多了。

"这一关算是过去了，"邋遢人说，"倒着走是有点累，但这是唯一能顺利经过那段路的办法。这段路就会搞恶作剧，人如果往前走，它就带着他悄悄往后退。"

大家重新振作起来，抖擞精神，继续吃力地向前走去。走了一阵后，来到一个地方，路从这里穿过一座小山，进入一个山

谷。大伙一边说着话，一边行走在山谷中。突然，邋遢人的一只手抓住碎布姑娘的一只胳膊，另一只手抓住奥乔的，大喊一声："站住！"

"又怎么啦？"碎布姑娘问。

"快看那里！"邋遢人用手指着回答道。

就在前面的路中央，一动不动地躺着一样东西，全身上下都是尖刺，就像一支支箭一样。那东西本身有一个大箩筐那么大，但全身竖着的尖刺使它放大了四倍。

"啊，那是什么呀？"碎布姑娘问。

"一只奇斯！专门在这路上惹麻烦的。"邋遢人回答说。

"奇斯！什么是奇斯啊？"

"就是一头很大的豪猪。可是在奥兹国，奇斯被认为是一种邪恶的幽灵。它不同于一般的豪猪，可以朝不同的方向发射尖刺，这一点美洲豪猪是做不到的，因而也是这种豪猪的可怕之处。如果我们靠近它，它就会射出那些尖刺，把我们伤到。"

"这么说，我们靠近它就很愚蠢了。"碎布姑娘说。

"我才不怕呢，"迷糊兽说，"奇斯肯定很胆小的，如果它听到我可怕恐怖的吼叫声，一定会吓得半死。"

"哦，对啊，你能吼几声吗？"邋遢人问。

"我觉得自己的这一招很是残忍，"迷糊兽不乏自豪地说，

"我的吼声能使地震汗颜，使响雷蒙羞。如果我对这所谓的奇斯吼叫，它一定会觉得是天塌地陷，以为是地面跟太阳和月亮相撞击。所以，这妖怪一定会逃之夭夭的。"

"既然如此，"邋遢人说，"你可是帮了大伙儿一个大忙了。你就吼吧。"

"你可别忘了，"迷糊兽说，"我的吼叫声惊天动地，一定也会吓到你们的，万一哪一位心脏病发作，不是就要被吓死了吗？"

"虽说如此，但我们必须冒这个险。"邋遢人的口气很坚定，"我们有了思想准备，忍一下就过去了，但奇斯毫无防备，你的吼叫声一定会把它吓跑的。"

迷糊兽迟疑不决。

"我喜欢你们中的任何一个，不愿让你们受到惊吓。"他说。

"不要紧的。"奥乔说。

"你们的耳朵可能会被震聋的。"

"就是被震聋了，我们也不会怪你的。"

"那好吧，"迷糊兽终于下定了决心，它朝那大豪猪走近几步，停下来，回头问道，"都准备好了吗？"

"准备好了！"大家异口同声。

"那就捂住耳朵，打起十二分精神来。好，我开始啦——大家注意啦！"

迷糊兽转向奇斯，对着它张大嘴巴，吼道：

"奎——伊——伊——伊克。"

"你赶快吼啊。"碎布姑娘说。

"怎么？我——我已经吼了呀！"迷糊兽很惊讶地说。

"什么呀，就你那么点吱吱声，也叫吼啊？"她说。

"这是最骇人的吼叫声了，它能上天入地，震撼江湖，"迷糊兽表示异议，"没想到你有这么大的承受力。难道你没觉得地面在颤动吗？奇斯肯定被吓得魂飞魄散了。"

邋遢人听了哈哈大笑。

"可怜的迷糊兽啊！"他说，"你的吼叫声连只苍蝇都吓不倒呀。"

惊讶之余，迷糊兽觉到很丢脸，它耷拉着脑袋，像是惭愧，也像是伤心，不过马上就恢复了信心，说道："无论如何，我的眼睛能喷火，能喷出烈火，栅栏能被烧成一片焦炭！"

"这倒是真的，"碎布姑娘说，"我亲眼所见。可你那恐怖的吼叫声还没有甲壳虫的敲击声响——或者是还没有奥乔的呼噜声响。"

"也许吧，"迷糊兽低声下气地说，"我太高估自己了。可能是因为太靠近我的耳朵了，我自己听起来总觉得很恐怖。"

"不要紧的，"奥乔安慰它说，"你的眼睛能喷火，这可是一大本事啊，没有人能做到这一点的。"

就在大伙儿站在那里，不知该干什么的时候，奇斯的身体抖动了一下，紧接着，一阵急雨般的尖刺嗖嗖地向他们飞来，密密麻麻一大片。碎布姑娘立马意识到，他们离奇斯太近了，已经进入了危险区域。说时迟，那时快，她一个箭步跳到奥乔前面，用身体挡住飞来的尖刺。尖刺纷纷刺进她的身体，她立刻变成了射箭运动中的靶子。为了躲开尖刺，邋遢人迅速趴在地上，但还是有一根刺射到一条腿，而且扎得很深。至于玻璃猫，那些刺一碰到它的身体，便纷纷弹落在地，它的身上连一点刮痕都没有。迷糊兽的皮既厚又硬，因而也没受到什么伤害。

一阵袭击过后，大伙朝邋遢人跑去，他正倒在地上，发出痛苦的呻吟声。碎布姑娘迅速拔掉他腿上的尖刺。邋遢人猛地跳起来，跑到奇斯身边，一只脚踩在怪兽的脖子上，将他生生擒住。经过刚才那一阵狂射，大豪猪射光了所有的尖刺，现在身子光光的，就像皮革一样，留下的只是一个个的洞眼，那是原来长刺的地方。

"放开我！"大豪猪愤怒地说，"你好大的胆子，竟敢把脚踩在奇斯的脖子上？"

"还有比这更厉害的呢，只是我没有使出来罢了，老兄，"邋遢人回答说，"你一直在这条路上危害行人，我今天就把你杀了，永绝后患。"

"你杀不了我！"奇斯还嘴道，"没有什么能杀了我，这一点你应该很明白。"

"也许你说得没错，"邋遢人失望地说，"我以前好像听说过，你是杀不死的。可是，如果我把你放了，你会怎么样呢？"

"把我的刺再捡起来啊。"奇斯生气地说。

"装上后再射更多的行人吗？不行，绝对不行。你必须向我保证，不再用尖刺射人。"

"我是不会做任何保证的。"奇斯明确地说。

"为什么？"

"因为射刺是我的本能，每一种动物都是按本能行事的。你

这样责备我是不合理的。如果说我射刺伤人是不对的话，那我身上就不该长有这些刺。所以，你们该做的，就是离我远点儿。"

"嗯，说得有点道理，"邋遢人不得不承认，"可是，到这里来的陌生人，或者不知道你在这里的人，你叫他们怎么躲开你呢？"

"我倒有个好主意，"碎布姑娘说，她正在拔自己身上的那些刺呢，"把那些刺收走不就得了，这样，这老家伙就不会害人了呀。"

"啊，这个主意不错。这样吧，你和奥乔去收集那些尖刺，我来按住奇斯，我可不能松手，否则它抢到一些尖刺，会再次害人的。"

碎布姑娘和奥乔一起把所有的尖刺捡起来，捆成一捆，以便携带。邋遢人松开奇斯，把它放了，因为他知道，奇斯再也不能伤人了。

"这是我听说过的最卑劣的手段，"大豪猪沮丧地咕哝道，"邋遢人，如果我把你一身的乱毛拿走的话，你又会怎样呢？"

"如果我用身上的乱毛伤人的话，你也可以把它们拿走啊，我绝不阻拦。"邋遢人回答说。

于是，大伙儿继续赶路，任凭奇斯站在路中央，独自在那里生闷气。邋遢人走路一瘸一拐的，因为腿上的伤口仍然很痛。碎布姑娘很是生气，因为那些尖刺在她花花绿绿的碎布片上扎出了许许多多的小窟窿。

走着走着，路边出现了一块平坦的石头。邋遢人坐下来休息，奥乔打开篮子，从里面取出驼背巫师当初给他的那束护身符。

"都怪我叫不幸儿奥乔，"他说，"不然我们就不会碰到那只可怕的大豪猪了。我想找找看，这些护身符中有没有可以帮你疗伤的灵符。"

很快，他在一个护身符上看到了"治疗皮肉伤"这么几个字。奥乔把它取出来，发现这只是一丁点儿不知名的干树根而已，可他还是用它擦了擦邋遢人腿上的伤口，不一会儿，那伤口痊愈了，邋遢人的腿又跟以前一样灵活了。

"也在我的碎布片上擦一擦吧。"碎布姑娘建议道。奥乔照着做了，可没见半点效果。

"你需要的护身符是一根针和一根线，"邋遢人说，"可是，亲爱的姑娘，你不用担心，那些窟窿一点都不难看。"

"这些窟窿会使空气钻进我身体里的。我可不想让别人说我轻浮，或者说我摆空架子。"碎布姑娘说。

"你身上刚才扎满了刺，还真的蛮有架子的呢。"奥乔笑着说。

他们继续往前走着，不多一会儿，来到一个浑水池塘边。他

们在那捆尖刺上系上一块沉甸甸的石头，使它们一起沉到了池底，这样，他们就可以轻装上路了。

第十三章

碎布姑娘和稻草人

从现在开始，地理环境有了很大的改善。荒漠不见了，取而代之的是肥沃的土地，只是沿途还是见不到房屋。放眼望去，能看到几座小山和峡谷。当大家爬上一座山顶时，发现远处有一堵高墙，朝左右两边延伸开去，望不到头。大家继续往前走，发现高墙和路的交叉处有一个城门，从城门顶到地面，竖立着一根根粗壮结实的铁条。大家走得更近些时，发现城门上挂着一把大挂锁，由于年久不用，已是锈迹斑斑。

"嗨，"碎布姑娘说，"依我看，我们只能停下来了。"

"还真给你说中了，"奥乔回答说，"这堵高墙和城门挡住了我们的去路。看上去已经有许多年没人进出这城门了。"

"可不要被表面现象迷惑啦，"望着大家失望的表情，邋遢人哈哈大笑起来，"这堵城墙和城门是奥兹国最为迷惑人的假象。"

"不管怎么说，这城墙使我们不能前进半步，"碎布姑娘说，"城门无人看守，我们也没有钥匙，根本就过不去啊。"

"就是啊，"奥乔接过话头，他向前走近几步，通过城门的铁栅栏朝里张望，"我们该怎么办呢，邋遢人？如果有翅膀，我们就可以飞过去了。我们又不能爬过去，因为这城墙实在是太高了。如果进不了翡翠城，我就找不到秘方的配料，也就救不活南奇叔叔了。"

"你们说得都不错，"邋遢人不慌不忙地说，"我了解这座城门，进进出出已经许多回啦。"

"那你是如何进出的呢？"大伙急切地问道。

"让我来告诉你们。"他说。他让奥乔站在路的中央，碎布姑娘紧随其后，并将胖嘟嘟的双手搭在奥乔的肩膀上。碎布姑娘身后是迷糊兽，嘴巴衔住她的一角裙边。最后是玻璃猫，用它的玻璃爪子紧紧抓住迷糊兽的尾巴。

"好了，"邋遢人说，"现在请大家紧闭双眼，没有我的命令，不许睁开。"

"不行，"碎布姑娘反对说，"我的眼睛是纽扣做的，根本闭不上。"

于是，邋遢人用自己的红手帕蒙住碎布姑娘的眼睛，又查看了其他几个，确保他们都已紧闭双眼。

"这是干吗呢，捉迷藏吗？"碎布姑娘问。

"不要说话！"邋遢人严肃地说，"大家都准备好了吗？那就跟我来吧。"

他抓住奥乔的一只手，领着他走在黄砖路上，一步步朝城门而去。大家一个紧挨着一个跟在后面，每一分每一秒都是提心吊胆的，就怕撞在铁栅栏上。邋遢人也紧闭眼睛，笔直往前走着，心里默默数着数，刚好走完一百步的时候，他停下脚步，说道：

"好了，你们现在可以睁开眼睛了。"

大家睁开眼睛，不由得大吃一惊，那城墙和城门都被抛在了身后。蓝色的芒奇金国已经不见，映入眼帘的是绿色的田野，零星点缀着一些漂亮的农舍。

　　邋遢人解释说："那道高墙就是人们所说的视幻觉。你睁着眼睛看它，那墙就确确实实的存在，但你要是不看它，它也就根本不存在。生活中的许多不如意也是如此，看上去好像存在，其实都是表面现象，并非真实。你们看那堵墙——或者说是我们视觉中的墙——它把芒奇金国和这一片绿色土地隔开，而这片绿土地围绕的，便是奥兹国的中心翡翠城。芒奇金国内有两条黄砖路，我们走的那条路还算好，多萝西曾经走过的那条可真是险象环生，遇到的危险比我们还要多。不管怎么说，我们已渡过眼下的难关，再走一天，就可以到达翡翠城了。"

　　一听此话，大家欣喜万分，心中又充满了新的勇气。几个小时后，他们在一家农舍前停下，稍作休息。农舍的主人很是好客，邀请大伙儿吃饭。这家人见到碎布姑娘，只是表露出好奇心，并没有吃惊的样子，因为生活在奥兹国，他们早已是见怪不怪了。

　　农舍的女主人还拿出了针线，把碎布姑娘身上被大豪猪的尖刺扎出来的窟窿一个个缝补好。碎布姑娘很是满意，觉得自己又和原先一样漂亮了。

　　"你应该戴顶帽子，"女主人说，"这样的话就晒不到太阳，脸上的颜色也就不会褪掉了。我正好有一些碎布片和碎布条，如果你能等上两三天的话，我就给你做一顶漂亮的帽子，和你身上的色彩很是般配的。"

"不麻烦你做帽子了，"碎布姑娘甩了下两条纱线辫子说道，"谢谢你的好意，因为我们不能停留。我看不出哪里褪色，你看到了吗？"

"没有，"女主人回答说，"虽然经过了长途跋涉，可你还是那么光彩照人。"

这家人家的几位男孩和女孩想让玻璃猫留下来跟他们一起玩耍。只要它愿意，捣蛋鬼就会有一个完美的家了。可这猫儿更感兴趣的是和奥乔一起去探险，因而它拒绝了他们的要求。

"这些孩子太粗野了，"它对邋遢人说，"虽然这里比驼背巫师家更舒适，可我担心用不了多久，我就会被这帮孩子砸得粉碎的。"

休息了一会儿，养足精神以后，大伙儿又上了路。眼前的路很平整，走在上面很舒服，而且，离翡翠城越近，一路的风光就越美丽。

不久以后，奥乔走进了一片绿草地。他一边走一边仔细环顾着四周。

"你在找什么呀？"碎布姑娘问。

"一种六叶草。"他说。

"你可不能摘啊！"邋遢人提醒他说，语气很严肃，"擅自摘取六叶草在翡翠城是违法的。只有得到奥兹玛的首肯后才行。"

"我就是摘了她也不会知道的。"小男孩说。

"奥兹玛知道的东西可多着呢，"邋遢人说，"她的房间里有一张魔法图，只要有陌生人或者游客进入奥兹国，不管他们在哪儿，魔法图中都能显示出来。也许她现在就在看着我们，关注着我们的一举一动呢。"

"她一直都在看那魔法图吗？"奥乔问。

"那倒不会，因为她还有许多其他的事情要做。不过，就像我刚才说的，此时此刻她也许正在看着我们呢。"

"我才不在乎呢，"奥乔固执地说，"奥兹玛不过是个小姑娘而已。"

一听此话，邋遢人惊讶地看着他。

"你想救活南奇叔叔，怎么能不在乎奥兹玛呢？"邋遢人说，"如果你冒犯了我们这位重权在握的统治者，你一路上所受的艰辛不就白费吗？可是，如果你跟奥兹玛交了朋友，她一定会乐于相助的。不管她是不是小姑娘，如果你有教养、懂礼貌，就应该遵守她的法令。奥兹国的每一个人都爱戴奥兹玛、憎恨她的敌人，因为她不仅位高权重，还正义公平，体恤子民。"

　　虽然心里有点不开心，但奥乔最终还是离开绿草地，回到了路上，不再寻找六叶草。在以后的一两个小时里，小男孩一直闷闷不乐，心里有情绪。在他看来，摘一株六叶草没什么大不了的。尽管邋遢人跟他说了许多次，可他还是觉得奥兹玛的这条法令是没有道理的。

　　很快，他们来到了一片漂亮的小树林前，树木高大挺拔，道路曲曲折折，在树林中蜿蜒穿过。就在大家行走在树林里的时候，远处突然传来一阵歌声。歌声越来越近，最后都能听清楚歌词了，但是，由于道路在前面还要拐个弯，所以大家看不见那个唱歌的人。只听那人唱道：

> 你看这一捆捆的稻草，
>
> 它们曾连着滚滚的稻浪，
>
> 这样的美景你从未见过，
>
> 无论是森林、山谷还是平原上。
>
> 看到这一大片情景
>
> 让我雀跃欢呼，
>
> 因为我要让这幸运的人儿
>
> 肚里塞满黄金。

"哈哈！"邋遢人喊了起来，"我的朋友稻草人来啦。"

"什么，稻草人也是活的？"奥乔问道。

"是的，就是我以前跟你说过的那位，非常了不起，还绝顶聪明，我保证你一定会喜欢他。"

说话间，那位奥兹国大名鼎鼎的稻草人出现在了道路的拐弯处。只见他骑在一匹木头做的锯木马上，由于那坐骑实在太矮小，骑马人的双腿几乎就要碰到地面了。

稻草人是在芒奇金国扎成的，所以穿一身蓝色的芒奇金衣服，头上戴一顶尖帽子，扁平的帽檐边上垂挂着几个叮当作响的小铃铛，腰间束一根绳子，免得他松散开来，因为除了他的头顶部分，他身体的每一个部位都塞满了干稻草。当初奥兹国的那位巫师为了提高稻草人的智慧，使他思维敏捷，曾经在稻草人的脑袋中装了一些锯屑，还放入了一些针和钉子。他的头是用一只布袋做成的，在脖子处和身体连接在了一起。袋子的正面被画成了一张脸——耳朵、眼睛、鼻子和嘴巴。

尽管一只眼睛大，一只眼睛小，两只耳朵也不对称，但稻草人的脸上总是挂着滑稽可爱的笑容，令人觉得非常有趣。当初扎稻草人的那位芒奇金农夫塞好稻草后没有把他缝密实，因而有几根稻草总从线缝中钻出来。他的双手是一副填满稻草的白手套，手指很长，软绵绵的；脚上蹬一双芒奇金人穿的蓝色皮靴，靴帮的顶部有一圈宽边向下翻着。

那匹锯木马和它的主人一样古怪。它原本是一个做工很粗糙的锯木架子，因而身体只是一根短木头，四条腿就是四根结实的树枝，插在身上被挖好的四个洞眼里。尾巴是现成的，即木头一端的一根小树枝，马头便是木头另一端上隆起的一个大木节瘤，两个木结疤算是眼睛，而被砍过后留下的一个深切口就算是嘴巴了。锯木马刚获得生命的时候，并没有耳朵，因而什么都听不见，可当初拥有它的那个男孩用树皮削了两只马耳朵，插在它的头上，从此以后锯木马可以很清楚地听到声音了。

这匹奇特的木马深得奥兹玛公主的喜爱，她命人给木马的脚底钉上了金马掌，以免木头磨损；马鞍是用金线织成的，上面装饰了许多宝石；此马从未装过马勒。

稻草人看到他们一行人，马上让他的骏马停下。他翻身下马，微笑着点点头，跟邋遢人打着招呼。他又转过脸，惊讶地看着碎布姑娘，碎布姑娘也惊讶地看着他。

"邋遢人，"他把邋遢人拉到一边，低声说道，"快替我拍拍身子，整一整仪容！"

就在稻草人让朋友拍打自己的身体、抚平隆起物时，碎布姑娘转过身，对奥乔耳语道："请你把我卷几下弄平了。走了那么多的路，我觉得身体下沉得很厉害。身材高挑苗条才会招人喜爱。"

于是，她躺在地上，奥乔把她卷起来又展开，来回好几次，就像用擀面杖擀面一样，直到棉花均匀地在分布于全身，体形恢复正常。碎布姑娘和稻草人同时匆匆整理完毕后，再次迎面相对。

邋遢人说："碎布小姐，请允许我把我的朋友——奥兹国高贵的稻草人——介绍给你；稻草人，这位是碎布小姐；碎布姑娘，这位是稻草人。稻草人——碎布姑娘；碎布姑娘——稻草人。"

两人都毕恭毕敬地向对方鞠了个躬。

"刚才那样看你，真是失礼了，"稻草人说，"可是你是我见过的最漂亮的女孩。"

"先生长得如此英俊，这种赞美之辞又出自先生之口，我真是感到莫大的荣幸，"碎布姑娘柔声说道，同时低下头，免得两只纽扣做的眼睛直愣愣地盯着对方，"不过，先生，你的身体是否有些肿呢？"

"是的，确实如此，都是我那

稻草弄的。尽管我已是十分努力，让它们保持均匀，可它们还是会不时地挤成一堆。你的稻草不会这样吗？"

"噢，我填的是棉花，不是稻草，"碎布姑娘说，"棉花不会挤成一堆，但总是往下沉，使我变得很松垂。"

"棉花可是一种高级的填充物啊。先不说是否有贵族气派，它可比稻草时尚得多啊，"稻草人温文尔雅地说，"况且如此迷人可爱的一位姑娘，用最好的东西做填料，那是最恰当不过的了。我——呃——见到你真的很高兴，碎布小姐！邋遢兄，给我们再介绍一下吧。"

“介绍一次就够啦。”对于朋友的过分热情，邋遢人禁不住大笑起来。

“那你能告诉我你是在哪里找到这位姑娘的吗？我——哎呀，这只猫好奇特呀！你是用什么材料做成的——白明胶吗？”

“纯玻璃做成的，”猫儿回答说，见终于吸引了稻草人的眼球，很是感到自豪，“我可比碎布姑娘漂亮多啦，你看，我通体透明，碎布姑娘并非如此；我有粉红色的脑子——动脑筋的时候你可以看得一清二楚的；我还有一颗红宝石做的心，晶莹剔透，可碎布姑娘连心都没有。”

“我也没有，”稻草人说，同时握住了碎布姑娘的手，好像要祝贺她没有心似的，“我有一位朋友，叫铁皮樵夫，他有心，可我发现没有心也是蛮好的呀。所以——噢，哎呀！还有一位芒奇金小男孩啊。我们握个手吧，小男子汉，你好！”

奥乔把手伸进松软的白手套里，算是跟稻草人握了手。稻草人握得太过热情，因而手套中的稻草发出了一阵窸窣声。

此时，迷糊兽已来到锯木马跟前，对它嗅个不停。锯木马很讨厌这种过于亲密的举动，猛地抬起腿，狠狠地踢了迷糊兽一脚。钉有金马掌的蹄子不偏不倚，正好踢在迷糊兽的头上。

“吃我一脚吧，你个怪兽！”锯木马生气地说。

迷糊兽连眼睛都没眨一下。

"确实如此，"他说，"我的肚量很大，但这并不意味着我不会生气。给我听好了，你这个木头畜牲，千万别惹我发火，要不然我的眼睛会喷出火来，把你烧成灰烬。"

锯木马骨碌碌转了转两只结疤的眼睛，神情很阴险。它冷不防又是一脚，迷糊兽慌忙躲开，转身对稻草人说：

"你那坐骑的脾气真是坏透了！我看，你还是把它劈了当引火柴吧，我来当你的坐骑。我的背很平整，你坐在上面绝不会掉下去的。"

"我看啊，问题在于你们两位没有被好好地相互引见一下。"稻草人说。它从未见过如此奇怪的动物，因而看到迷糊兽时，露出了一脸的惊愕。"这锯木马可是奥兹国女王奥兹玛公主心爱的坐骑，连它位于后宫中的马厩，也是用珍珠翡翠装饰的。它奔跑起来快如疾风，而且从不知道疲惫，它对朋友非常友善。奥兹国的人都很敬佩它。我去拜访奥兹玛的时候，她时常会把它借给我骑——就像今天这样。现在你知道锯木马是怎样的一个重要人物了吧，如果有人——或者你自己——能告诉我你的名字、职位、级别和经历，我一定很乐意地转达给锯木马听，这样你们就会相互敬仰，建立友谊了。"

一听锯木马这么有来头，迷糊兽有些急促不安，不知道怎么回答好。奥乔接口说：

"这位方方正正的家伙叫迷糊兽，它没什么了不起的地方，只是尾巴尖上长着三根毛。"

稻草人一看，那尾巴尖上果然有三根毛。

"可是，"他迷惑地说，"那三根毛有什么了不起的呀？邋遢人身上有许许多多根毛发，数也数不清，也没听人说他自高自大呀。"

于是，奥乔把南奇叔叔变成石像的遭遇说给了稻草人听，告诉他为了配齐那张秘方，让叔叔重新活过来，自己才出来寻找驼背巫师所需要的那几样东西，其中一样就是迷糊兽尾巴上的三根毛，可那毛怎么也拔不下来，因此，他们只得把迷糊兽一起带上了。

听着听着，稻草人的脸色变得严肃起来，还好几次摇摇头，似乎有什么不满。

"关于此事，我们必须禀告奥兹玛，"他说，"那个驼背巫师未经许可，擅自施魔法是违反法令的。而且，我看奥兹玛不一定会允许他救活你的叔叔。"

"这事我早就警告过这孩子了。"邋遢人说。

一听这话，奥乔哭了起来。"我要我的南奇叔叔！"他大声叫喊着，"我知道怎样才能救活他，我一定要把他救活——我才不管什么奥兹玛不奥兹玛的！她是女王，可也只是个女孩，她有什

么权力让我的南奇叔叔永远做一尊石像？"

"你现在也不用着急，"稻草人建议道，"到翡翠城去，到了那儿就让邋遢人带你去见多萝西，把你的事说给她听，相信她一定会帮你的。多萝西是奥兹玛最好的朋友，如果你能把她争取到你这一边，你叔叔就有望复活了。"他又转过身，对迷糊兽说："对不起，你没有什么奇特的本领，所以就不把你介绍给锯木马了。"

"作为兽类，我可比它强多了，"迷糊兽反驳道，它感到自己受到了侮辱，"我的眼睛能喷火，它肯定不行。"

"这是真的吗？"稻草人转向芒奇金男孩，问道。

"是真的。"奥乔说，然后把迷糊兽如何喷火烧栅栏的事说了一遍。

"你还有别的本领吗？"稻草人问。

"我还能发出令人心惊胆战的吼叫声——我是说，有时候。"迷糊兽说。一旁的碎布姑娘听到此话会意地大笑起来，邋遢人也咧开了嘴巴，可碎布姑娘的笑声把稻草人吸引了过来，他把迷糊兽扔在一边，对她说道：

"碎布小姐真是一位令人称奇的姑娘，跟你在一起一定很快活！我们必须彼此增进了解。我以前从未见过像你这样的姑娘，光彩照人，自然大方。"

"怪不得他们叫你充满智慧的稻草人呢。"碎布姑娘回答说。

"你们进了翡翠城后，我们会再次见面的，"稻草人继续说道，"我现在要去拜访一位老朋友——一位很普通的年轻小姐，她叫金吉尔——她答应把我的左耳朵重新画一下。也许你们已注意到了，我左耳朵的颜料已剥落，或是已褪色，影响了我这一边的听力。经过一段时间的风吹雨打，我就会成这个样子，好在金吉尔总是愿意帮我修补。"

"那你打算什么时候回到翡翠城呢？"邋遢人问。

"今天晚上我就回去了，因为我急切地想和碎布姑娘多聊聊呢。怎么样，锯木马，你能疾跑如飞吗？"

"只要你觉得可以，我就没问题。"那木马回答说。

于是，稻草人跨上马，坐在镶满珠宝的马鞍上，挥动手中的帽子跟大家告别。锯木马撒开四腿，飞快地跑开去，一转眼就不见了。

第十四章

奥乔犯法

"真是个奇人。"一行人继续上路的时候，奥乔发表着自己的观点。

"人也不错，彬彬有礼，"碎布姑娘点着头补充说，"他是我获得生命后见过的最英俊的人。"

"行为美才是真美，"邋遢人引经据典起来，"可我们不得不承认，没有哪个活着的稻草人比他更英俊的了。我这位朋友的最大优点是头脑灵活，很有见地，在奥兹国大家都愿意听他的话。"

"可我没看到他的脑子呀。"玻璃猫说。

"你看不到他动脑子，并不能说明他没有头脑啊。"

邋遢人说，"我刚到奥兹国的时候，对他也不信任，因为听说他的脑子是一位专门行骗的男巫师给的。可不久便发现稻草人真的很聪明。除了真是因为他的脑子灵，还有别的解释吗？"

"奥兹国的那位巫师是个骗子吗？"奥乔问。

"以前是，现在不是了，他已改邪归正，成了善良的葛琳达的助手。葛琳达是奥兹国的宫廷女魔法师，全奥兹国唯有她一人被准许施魔法或巫术。她传授给那位老巫师许多神奇的法术，因而他不再做骗子了。"

大家默默地走了一段路，奥乔担心地说：

"如果奥兹玛不允许驼背巫师救活南奇叔叔的话，我该怎么办呢？"

邋遢人摇了摇头。

"要是那样的话，就真的一点办法都没有啦，"他说，"但你也不用灰心丧气，我们去找多萝西，把你的情况告诉她，求她去跟奥兹玛说。多萝西是世界上心地最善良的人，她自己也经历过许多磨难，所以她一定会同情你的遭遇的。"

"多萝西就是那个从堪萨斯州来的小姑娘吗？"小男孩问。

"是啊，在堪萨斯的时候，她叫多萝西·盖尔，我在那里就认识她了，就是她把我带到奥兹国来的。奥兹玛已封她为公主，多萝西的艾米婶婶和亨利叔叔也都来到了这里。"说到这里，邋遢

人长长地叹了口气，接着又说道，"奥兹国真是个奇特的地方，我挺喜欢这里。"

"它奇特在哪儿呢？"碎布姑娘问。

"你就是个例子呀。"他说。

"在你自己的国家，你就没见过跟我一样漂亮的姑娘吗？"她问。

"漂亮姑娘当然有，但像你这样色彩艳丽、花花绿绿的没见过，"他承认说，"在美国，塞棉花的姑娘是不会活的，也没有人会用被套的碎布片去做个布姑娘的。"

"那美国一定是个古怪的国家！"她非常惊讶地说，"你说稻草人很聪明，可就是他对我说，我是他见过的最漂亮的姑娘。"

"我知道，也许是吧——当然，这只是他个人的看法而已。"邋遢人回答说，脸上带着碎布姑娘无法理解的笑容。

离翡翠城越来越近了，看到眼前壮丽的景象，小伙伴们赞叹不已。道路两旁是一排排气派堂皇的房屋，每座房屋前有一个漂亮的花园和一个绿色草坪。

"再走一个小时，"邋遢人说，"我们就可以看到皇城的城墙啦。"

他和碎布姑娘走在前面，身后是迷糊兽和玻璃猫，奥乔落在了最后。尽管已被警告过多次，可他的眼睛还是紧盯着黄砖路边

的草地，急于想知道是否真的有六叶草这种东西。

突然，他停止脚步，弯下腰去，仔细看着身边的草地。啊，真的看到六叶草了。他小心地数着，没错，真的是六片叶子。他顿时欣喜若狂，这可是他长途跋涉、千辛万苦地来到这里要寻找的其中一样宝贝啊——想要救活亲爱的南奇叔叔，这个东西可是不能缺的呀。

他朝前看了下，发现同伴们并不在注意他，周围也没有其他的人，因为这里正好处在两幢房子的中间。真是最佳时机，奥乔禁不住伸出了手。

"就是再找上好几个星期，也未必能找到另一棵六叶草。"他心里这样想着，手却迅速掐断草茎，随即把这珍贵之物放进了篮子，上面又盖上其他的东西，将其藏好。一切完毕后，他若无其事地加快脚步，追上了前面的同伴。

在任何仙境中，无论是从气派的角度，还是从美丽的程度上

来说，翡翠城都是无与伦比的。又高又厚的城墙是由绿色的大理石砌成的，大理石表面被打磨、得即平滑又光亮，还镶上了闪闪发光的绿宝石。城墙上有四扇城门，一扇通往芒奇金国，一扇通往温基国，一扇通往奎德林国，还有一扇通往吉利金国。翡翠国就位于奥兹国这四大重要之邦的中心区域。城门上的栅栏是用纯金打造的，城门两边建有高大的塔楼，上面彩旗飘扬。城墙上每隔一段距离就设有一座塔楼，城墙很宽，足以让四个人并排行走。

我们的冒险家们登上一座小山顶，眺望远处，映入眼帘的竟是这么一幅雄伟壮观的景象：碧绿碧绿的城墙，金碧辉煌的城门，还有璀璨夺目的宝石。越过城墙望去，是一座漂亮的城市，里面有许多嵌有宝石的尖的、圆的屋顶和尖塔，它们比城门口的塔楼还要高出许多；还有迎风招展的各色旗帜，高高耸立在那里。在城市的中心地带，我们的冒险家们可以看到许多参天大树的树梢，有些甚至有房屋的尖顶那么高。邋遢人告诉大家，这些树就长在奥兹玛公主的御花园里。

他们在山顶上停留了很长时间，尽情观赏着翡翠城的壮丽景象。

"嘻嘻！"碎布姑娘拍着圆鼓鼓的手，欣喜若狂起来，"那地方正好适合我住。我这身碎布条不用回到芒奇金国去了——更不用回到驼背巫师家去当用人啦！"

"喂，你是属于皮普特博士的，"奥乔说道，一脸惊讶地看着她，"把你造出来就是当女佣使唤的，碎布姑娘，所以，你是巫师家的私有财产，你可不是什么女主人哦。"

"什么皮普特博士，见鬼去吧！要我当女佣，那他就到这里来接我，我才不会自愿回到他那个小房子里去呢，哼，绝决不回去！在奥兹国，只有一个地方适合我居住，那就是翡翠城。多么美丽的地方啊！几乎和我一样完美哎，奥乔。"

"在这里，"邋遢人说，"人们住的地方都是有所规定的。要知道，每个人都住在翡翠城里是行不通的，必须有人去犁地、种粮食、种水果和蔬菜，还必须有人去森林里伐木、在河里捕鱼，或者是牧羊、放牛。"

"这些人好可怜啊！"

"尽管如此，他们和城里人过得一样快乐，"邋遢人回答说，"乡村生活自由自在，无拘无束，住在翡翠城里是享受不到的。据我所知，许多城里人都想回到乡下去生活呢。稻草人就住在乡下，铁皮樵夫和南瓜头也是如此。可是，如果他们三个想回奥兹玛的宫殿里住的话，随时都会受到欢迎的。再奢华

的日子过久了也会厌烦的，这个你们
是知道的。好了，如果想在天黑前赶
到翡翠城的话，我们必须加快速度，
因为还有好长一段路要走呢。"

翡翠城的美景令大家精神百倍，
脚步也轻松了许多。一路上有很多东
西吸引着他们的眼球：房子越来越多，
人们来来往往，络绎不绝，个个面露喜
色，兴高采烈，遇见陌生人时，也是有
礼貌地点头致意，打着招呼。

大家终于来到了高大的城门前。此时
已是日落时分，夕阳给闪烁着璀
璨碧绿的城墙和尖塔又增添了一
层火红的晚霞。城内的某个地方
传来乐队演奏的美妙乐曲；从许多声音中，大家听到一个轻柔的
声音正在哼着曲子；附近的院子里传来阵阵母牛低低的哞哞声，
它们正等着被挤奶呢。

大伙儿来到城门口时，金栅栏突然滑开，里面走出一位高大
的士兵，站在他们面前。奥乔心想，自己从未见过如此高大威猛
的人。那士兵穿一身笔挺的绿金相间的军装，高高的帽子上插着

随风飘荡的羽毛，腰带上嵌满了宝石，可最让人称奇的是他那长长的绿胡子，一直垂到腰际下面。也许真是这胡子，使他显得更为高大。

"站住!"绿胡子士兵大声说道，口气一点都不严厉，而是带着出几分友好。

没等士兵继续说下去，他们便停住脚步，站在那里看着他。

"晚上好，上校，"邋遢人说道，"自我离开后发生什么事了吗? 有什么重大事件吗?"

"碧丽娜又孵出了十三只小鸡，"绿胡子士兵回答说，"毛茸茸的，像一个个小黄球，很是招人喜爱。又增添了这么多孩子，那只黄母鸡一定得意极了。"

"它有这个资格，"邋遢人认可道，"我算算啊，它已孵出了近七千只小鸡，是不是啊，上校?"

"这数字已经很保守了，"上校回答说，"你应该去拜访一下碧丽娜，向它表示祝贺。"

"我很乐意去，"邋遢人说，"不过你看，我带来了几位客人，要带他们去见多萝西。"

"请等一下，"就在大家要进城的时候，绿胡子士兵伸手拦住了他们，"今天我执勤。刚刚接到命令，你们中间有叫不幸儿奥乔的吗?"

"哎，我就是！"奥乔大声回道说。听到从一个陌生人的嘴巴里说出自己的名字，他大为震惊。

绿胡子士兵点了点头。"我猜就是你，"他说，"很遗憾，可我也是被迫无奈。我正式宣布：你被捕了。"

"我被捕了？"小男孩大叫起来，"凭什么呀？"

"哦，我还没看呢。"士兵回答道。于是，他从胸前的口袋里掏出一张纸条，看了一下，"噢，是这样的。你被捕的理由是，你故意违反奥兹国的法律。"

"违反法律！"碎布姑娘说，"这怎么可能！士兵先生，你是在开玩笑吧。"

"我可不是在开玩笑，"士兵叹口气，回答说，"我亲爱的孩子——你是谁啊？清仓大拍卖上拍到的，还是猜谜会上猜到的？——你面前站着的，是我们和蔼可亲的奥兹玛女王的御前侍卫、奥兹国的宫廷陆军和翡翠城的警察。"

"就你一个人吗？"碎布姑娘惊讶地问。

"就我一个，但已足够。我身兼三职，可这么多年来一直无所事事，时间一长，我都担心自己要变成废人了。一小时前，奥兹玛殿下召我进宫，命我逮捕一位叫不幸儿奥乔的男孩。他从芒奇金国来到翡翠城，不久就要到来。这道指令使我感到震惊，差一点没晕过去，因为在我的记忆中，这是第一次有人被捕。你可是名副其实的不幸儿啊，我可怜的孩子，因为你触犯了奥兹国的法律。"

"可你肯定弄错了，"碎布姑娘说，"奥兹玛也弄错了——你们都弄错了——奥乔根本就没有犯什么法。"

"那他很快就会被释放的，"绿胡子士兵回答道，"任何被告都会经过我们女王公正的审判，让他们有机会证明自己的清白。可现在，奥兹玛的命令还是得执行。"

说着，他从口袋里掏出一副金手铐，上面镶满红宝石和钻石。只听咔嚓一声，金手铐扣在了奥乔的双腕上。

第十五章

奥兹玛的囚徒

这一飞来横祸惊得奥乔不知所措，因而自始至终他都没有做出任何抵抗。其实，他心里很清楚自己犯了什么罪，只是惊讶为何奥兹玛会知道，不明白她为何那么快就知道自己偷摘了那棵六叶草。他把篮子递给碎布姑娘，说道：

"在我出狱前请替我保管好。如果我出不来了，就把它交给驼背巫师，这是他的东西。"

邋遢人一直仔细观察着奥乔的反应，不知是否该帮他说话，可小男孩脸上的表情使他打消了帮他说话的念头。邋遢人既吃惊又伤心，因为他知道，

奥兹玛是绝对不会搞错的，奥乔真的触犯了奥兹国的法令。

绿胡子士兵领着大家穿过城门，进入一间嵌在城墙内的小房间里。里面坐着一位乐呵呵的小个子男人，身穿一身高级的绿色军装，脖子上挂着一根金链条，链条上挂着许多把巨大的金钥匙。他就是城门的守护官，大家进入他房间的时候，他正在吹口琴。

"你们听！"他向上一抬手，示意保持安静，"我刚谱了一首曲子《穿花衣的爵士音乐迷》，这是'碎布'乐，比拉格泰姆乐更高级。我是为欢迎刚刚到来的碎布姑娘而创作的。"

"你怎么知道我来了？"碎布姑娘饶有兴味地问。

"我的职责就是了解每一个到这里来的人，因为我是城门的守护官。大家静一下，听我给你们演奏《穿花衣的爵士音乐迷》。"

这曲子既不难听，也不好听，但每个人还是恭敬地听着。那守护官闭着双眼，摇头晃脑，专心地从那小小的乐器上吹出每一个音符。等他吹完，绿胡子士兵说道：

"守护官，我抓了个犯人。"

"天啊！一个犯人？"小个子高声喊道，不禁从椅子上跳了起来，"是哪一个？不会是邋遢人吧？"

"不是他，是这个男孩。"

"啊，希望他犯的错和他一样小，"守护官说，"可是，这么小的孩子能犯什么罪呢？他为什么要犯罪呢？"

"这我不知道，"士兵回答说，"我只知道他触犯了法令。"

"可从来都不会有人这么做的呀！"

"那他就是无辜的。这样的话，很快就会被释放的。但愿能被你说中了，守护官。但眼下我奉命要把他送入监狱，麻烦你从柜子中取件囚衣给我。"

守护官打开一个柜子，从里面取出一件白袍。士兵将白袍套在奥乔身上，从头到脚，将他盖得严严实实的，只在眼睛处留了两个小洞，好让他看清楚去哪儿。有这样的打扮，奥乔看上去真的是离奇古怪极了。

守护官打开一扇门，门外便是翡翠城的街道。邋遢人对碎布姑娘说：

"我还是听稻草人的话吧，直接带你去见多萝西，玻璃猫和迷糊兽也跟着一起去。奥乔就只能由绿胡子士兵送去监狱了，他们不会对他怎么样的，你不用为他担心。"

"他们会如何处置他呀？"碎布姑娘问。

"这个我也说不准。自从我来到奥兹国，还没有人被逮捕过，或者被关进监狱——奥乔可是第一个犯法的人。"

"在我看来，你们那位年轻的女王未免有些小题大做了，"碎布姑娘生气地说。她扬了一下碎布缝成的头，甩开披在眼睛上的纱线头发，"我不知道奥乔干了什么，但我相信他不会干什么坏事的。一路上你我一直跟他在一起。"

邋遢人没有应答。碎布姑娘欣赏着城中的美丽景色，不一会儿就把奥乔的事忘在脑后了。

他们很快就和芒奇金男孩分开了。绿胡子士兵领着他拐进一条小街，朝监狱方向走去。奥乔心理很难受，又觉得无地自容，想到自己遭受如此不光彩的待遇，他又变得异常气愤。作为一名翡翠城的游客，他应该受人尊敬，应当受到热烈欢迎和盛情款待，相反，却被当作罪犯抓了起来，还戴上了手铐，套上了白袍，真是奇耻大辱啊。

奥乔本性温和，为人友善，即便是触犯了奥兹国的法律，也是为了救他心爱的南奇叔叔，一时心急而为。他犯错并不是因为

他本性邪恶，而是太过草率，但这并不能改变他犯错的事实。刚开始的时候，他感到伤心和自责，但越是想到自己遭受如此不公正的待遇——他觉得太不公正了——他就越怨恨奥兹国的法令，指责奥兹玛怎么会制定出如此愚蠢的法律，惩罚那些所谓的违法者。不就是一棵六叶草嘛！一棵被人遗弃、任人践踏的小草而已，摘了它又会怎样呢？奥乔觉得奥兹玛一定是个残忍的暴君，根本不配统领奥兹国这样的美丽仙境。邋遢人说人民都很爱戴她，人民怎么会爱戴如此残暴的君王呢？

这位小芒奇金满脑子想的都是这些事情——他认为，许多罪犯肯定跟他有相同的想法——因而无心欣赏街上的繁华景象。每当迎面走来笑盈盈的路人，他就不好意思地扭过头。其实根本就没人知道白袍底下罩的是谁。

很快，他们来到城墙旁的一间屋子前。周围的环境很是幽静，房子相当漂亮，粉刷得很整洁，墙上有许多窗户。房子前有个花园，里面开满了各种鲜花。绿胡子士兵领着奥乔走过一条小石子路，来到前门后，在门上敲了几下。

开门的是个女人，见到白袍下的奥乔，不禁大叫了起来：

"天哪！终于来了一位犯人。可是，怎么是个小孩呢，士兵？"

"大人小孩没关系，亲爱的托利迪格尔，事实上他就是个犯人，"士兵说，"这里是监狱，你是狱卒，我的责任就是把他交给你看管。"

"没错，那就进来吧，我会给你一张交接单。"

他们走进房子，穿过一个大厅，来到一间圆形的大房间里。那女人拉掉罩在奥乔身上的白袍，友好而关心地看着他。小男孩却是左顾右盼，茫然不知所措，因为他做梦也没想到，自己居然站在如此一间富丽堂皇的房间里。圆形的屋顶是用彩色玻璃做成的，图案煞是好看。四面墙壁上嵌满金条，金条上饰有色彩斑斓的巨大宝石，瓷砖地面上铺着软绵绵的地毯，踩在上面舒服极了。家具的边角上都包着黄金，而其中的安乐椅、长沙发和各式各样的凳子上都配有软软的织锦绸缎垫子。还有几张用镜子做台面的桌子，好几个柜子里摆满奇珍异宝。靠墙的一个地方有一个书橱，里面陈列着许许多多的书，在另外一个地方，奥乔看到一个橱柜，里面摆着各种各样的游戏器具。

"在我去监狱之前，我能在这儿待一会儿吗？"奥乔恳求道。

"噢，这里就是监狱了呀，"托利迪格尔回答说，"我就是这里的狱卒。把那手铐去掉吧，士兵，没有人能从这里逃出去的。"

"我当然知道。"士兵说完，立刻打开手铐，奥乔的双手重新获得了自由。

见外面天色已暗，女狱卒伸手按了下墙上的一个按钮，室内

顿时一片明亮，一盏枝形水晶大吊灯从天花板上垂吊下来。女狱卒在一张办公桌旁坐下，然后问道：

"叫什么名字？"

"不幸儿奥乔。"绿胡子士兵回答说。

"不幸儿？啊，明白了，"她说，"犯了什么罪？"

"违反了奥兹国的一条法令。"

"好吧。这是交接单，士兵，这位犯人现在归我管了。真是太高兴了，自我做狱卒以来，还是第一次有事可做。"女狱卒高兴地说。

"我也是如此，托利迪格尔，"士兵笑道，"不过我的任务已完成，我得去禀报奥兹玛，作为一名尽职的警察、忠诚的陆军和忠心的御前侍卫——我相信自己是当之无愧的——我已履行了我的职责。"

说完，他向托利迪格尔和奥乔点头告别，转身离去。

"嗯，好了，"女狱卒轻快地说，"我去给你弄晚饭，你肯定饿坏了。你喜欢吃什么？煎白鱼，果酱蛋卷，还是卤汁浇羊排？"

奥乔想了下后说道："可以的话，我想吃羊排。"

"好吧。我不在的时候你可以自个玩，我去去就来。"说完，她从一个门里走了出去，将小犯人一个人留在了这里。

奥乔很是震惊。哪有这样的监狱啊，他一点都不像个犯人，

173

倒是成了这里的座上客了。这里的墙壁上有许多窗户，但都没上锁。房间里有三扇门，可没有一扇是被闩住的。他小心翼翼地打开其中一扇门，发现外面是条走廊。奥乔一点都没有想逃跑的念头，那女狱卒如此相信他，他就不能背叛她对自己的信任，何况还有热腾腾的晚饭在等着他，这监狱的环境也是如此的舒适惬意。于是，他从书橱中取出一本书，在一张大椅子里坐下，开始看书中的图画。

他就这样津津有味地看着。不多一会儿，女狱卒托着一个大盘子走了进来。她在一张桌子上铺好台布，摆好晚饭。奥乔一看，多么丰盛美味的晚餐，他可从来没有享用过。

奥乔用餐的时候，托利迪格尔就坐在一旁，大腿上搁着刺绣活，低头刺绣起来。奥乔吃完后，她又收拾干净桌子，取过一本书，给他读故事。

“这里真的是监狱吗？”待托利迪格尔读完后，奥乔这样问道。

“是啊，”她回答说，“这里是奥兹国唯一的监狱。”

“那我是犯人吗？”

“天哪！你当然是犯人啦。”

“那这监狱为何如此豪华？你又为何对我这么好呢？”他认真地问。

托利迪格尔似乎对这个问题感到很惊讶，但她随即回答说：

“我们认为犯人是不幸的，这不幸有两个方面——一是他做错了事，二是他被剥夺了自由。正是由于他的不幸，我们应该对犯人好一点，不然，他会变本加厉，没有悔改之心。奥兹玛认为，犯错的人之所以会犯错，是因为他不够坚强，不够勇敢。因此，她把他关进监狱，就是想让他变得坚强和勇敢起来。一旦做到了这一点，他就不再是犯人，而是一位遵纪守法、信守诺言的好公民。看到他现在变得如此坚强，能抵制种种诱惑而不干坏事，当然是皆大欢喜的。你看，宽厚仁慈可以使人变得坚强勇敢，所以，我们对犯人一定要宽厚大量。”

奥乔仔细想了想，说道：“我本以为，犯人在狱中肯定是被粗暴对待，以示对他的惩处。”

“那样太恐怖了吧！”托利迪格尔大叫起来，“知道自己做错了事不是已经很痛苦了吗？奥乔，你是不是真心后悔了，后悔自

175

已不该违反奥兹国的法令？"

"我——我讨厌跟别人不一样。"他终于承认说。

"是啊，每个人都希望和朋友一样受到别人的尊重，"女狱卒说，"如果经过审判，认定你有罪时，你必须想办法赔罪。我不知道奥兹玛会如何处置你，因为你是第一个触犯奥兹国法令的人，但你也不必太担心，因为她是个公正仁慈的女王。在翡翠城，老百姓日子过得很开心，很满足，谁都不会去干坏事；可也许你来自某个偏远的地方，对奥兹玛没有什么爱心，所以无意中触犯了法令。"

"是的，"奥乔说，"我一直生活在偏僻的森林深处，除了亲爱的南奇叔叔外，没见过其他的人。"

"我猜就是这样的，"托利迪格尔说，"好了，我们不说这些了。我们玩会儿游戏，然后上床睡觉。"

第十六章

多萝西公主

多萝西正坐在王宫内自己的一个
房间里，脚边蜷缩着一条小黑狗，那
狗毛发蓬松，眼睛明亮。多萝西穿一
件朴素的白色连衣裙，除头上的
一条翠绿色发带外，身上没有佩
戴其他的珠宝首饰，因为她是
个淳朴的小姑娘，并没被身
处其中的奢华生活所动。小
姑娘原本生活在堪萨斯州的
大草原上，可她似乎有过几
次奇异的经历，到过奥兹国好
几次，最后终于在这里定居下
来。她最要好的朋友便是美丽的

奥兹玛公主，公主对多萝西喜爱有加，为了能跟她朝夕相处，便把她留在了自己的宫殿里。多萝西唯一的亲人——叔叔亨利和婶婶艾米——也来到了奥兹国，奥兹玛还赐予了他们一栋舒适的房子。多萝西几乎认识奥兹国的每一个人，当初就是她发现了稻草人、铁皮樵夫、胆小狮和发条人滴答。她现在过着非常舒心的生活，尽管好朋友奥兹玛封她为奥兹国的公主，可她并不把这当回事，依然还是那么甜蜜可爱，和当初那位朴实的堪萨斯小姑娘多萝西·盖尔没有什么两样。

这天傍晚，多萝西正在专心致志地看书，自己最喜爱的宫女杰莉雅·詹布进来禀报，说邋遢人想见她。

"好吧，"多萝西说，"让他马上进来。"

"可他还带来了几个怪物——我以前从未见过。"杰利雅报告说。

"没关系，让他们都进来吧。"多萝西回答说。

可是，门一打开，看到邋遢人身后的碎布姑娘、迷糊兽和玻璃猫时，多萝西吓得跳了起来，惊讶地看着眼前这些陌生而奇怪的客人。碎布姑娘最为古怪，刚看到时，多萝西也是迷迷糊糊的，不知她到底是个活人，还是自己在做梦，甚至还是个噩梦。托托，她的那只小狗，慢吞吞地展开身子，然后来到碎布姑娘跟前，好奇地嗅着她，但很快又躺下，似乎在说，对这样的怪物，

它一点兴趣都没有。

"我以前从未见过你，"沉思片刻后，多萝西对碎布姑娘说道，"我真的想象不出你来自哪儿。"

"谁，我吗？"碎布姑娘并没看多萝西，而是边说边环顾着漂亮的房间，"噢，我猜，我是用一个床罩做成的，反正他们都是这么说的。有的人叫它百纳被，有的人叫它碎布被，可我有自己的名字：碎布姑娘——怎么样，现在应该明白了吧。"

"还不是很清楚明白，"多萝西微笑着说，"希望你能告诉我，你是怎么获得生命的。"

"这个很简单，"碎布姑娘说，同时一屁股坐进了一张有软垫的大椅子里，摆动着身体，弹簧把她弹得一上一下的，"玛格洛特想要一位女佣，于是就用一个旧被罩把我缝制出来，又塞上棉花，用背带纽扣做眼睛，红色绒布做舌头，白色珍珠做牙齿。驼背巫师炼制出一种生命之粉，把它撒在我的身上——这不，我就活了。也许你也注意到了我这五颜六色的外表。我碰到一位非常儒雅、受过良好教育的绅士，叫稻草人，他亲口对我说，我是奥

兹国最漂亮的姑娘。我相信，他肯定不会瞎说的。"

"噢，这么说你见过稻草人了？"多萝西惊讶地问，对碎布姑娘说的话还是有些不明白。

"是啊，他这个人很有趣，不是吗？"

"稻草人在许多方面真的是棒极了，"多萝西回答说，"可关于驼背巫师的事，我真的很遗憾。奥兹玛听到他又在施魔法时，一定会大发雷霆的，因为她已告诉过他，不许再这么做了。"

"他只是为了家人而已。"捣蛋鬼解释说。对那条小黑狗，它一直是敬而远之，不敢靠近。

"天哪，"多萝西说，"刚才我一直没有注意到你，你是玻璃的，还是别的什么做的？"

"玻璃的，而且还是透明的，我不用说话就能被看得清清楚楚，"猫儿回答说，"我还有可爱的粉红色的脑子，动脑筋的时候你能看得一清二楚。"

"啊，真的吗？你过来让我看看。"

玻璃猫犹豫着不敢向前，眼睛看着那条小黑狗。

"把那畜牲弄走，我就过来。"它说。

"畜牲！哎，那是我的狗狗托托，它可是世界上最善良的狗了。托托很懂事的，一点都不比我差。"

"那它为何不说话呢？"捣蛋鬼问。

"因为它不是这仙境里的狗，"多萝西解释道，"它只是一条普通的狗，跟我一样来自美国。但这也很好呀，我了解它，它也了解我，也就无所谓它说不说话了。"

听到多萝西的这番话，托托站起来，脑袋在多萝西伸过来的手上轻轻擦了几下，然后仰起头，注视着她的脸，仿佛听懂了她说的每一句话。

多萝西对狗狗说："托托啊，这只猫是用玻璃做的，所以你千万别去纠缠它，也不要追赶它，就像你对我的粉红色小猫一样。如果撞到什么，这猫很容易就碎了。"

　　托托低低叫了一声，表明它知道了。

　　玻璃猫因为自己粉红色的脑子而沾沾自喜，所以壮着胆子来到多萝西跟前，想向她证明"动脑子的时候你能看得一清二楚"。多萝西看后觉得实在是有趣，便伸出手去拍了拍那猫儿，结果发现那玻璃冰冷坚硬，没有一点反应，她马上断定，这猫儿不能当作宠物来养。

"你和驼背巫师一起住在山里，你对他了解多少啊？"多萝西问。

　　"我是他造出来的，"玻璃猫回答说，"所以我非常了解他。碎布姑娘是新造出来的——不过三四天的工夫——可我和皮普特博士一起住了许多年了。尽管我不是很喜欢他，可我还是要说，每次有人上门求他施魔法时，都被他一口回绝了。他说，给自家人施魔法是不会有什么危害的。他用玻璃把我造出来，是因为真的猫儿要喝太多的牛奶。他让碎布姑娘获得生命，是因为想让她帮他太太玛格洛特做家务。"

　　"既然如此，你们两个为何又要离开他呢？"多萝西问。

　　"关于这个，我想还是我来说给你听吧。"邋遢人插话道。于是，他把奥乔的故事一五一十地说给多萝西听，其中包括南奇叔叔和玛格洛特是如何遭受横祸、沾上石化液后变成石像的；为了救活南奇叔叔和玛格洛特，奥乔是如何出远门、寻找秘方的配料；奥乔又是如何发现迷糊兽，因为不能拔下它尾巴尖上的三根毛，只好带上它一起前行。多萝西饶有兴味地听着，觉得奥乔做得还是挺不错的。可是，当邋遢人说到奥乔因擅自违反奥兹国的法令而被绿胡子士兵逮捕的时候，小姑娘着实大吃了一惊。

　　"他到底做错什么了呢？"她问。

　　"恐怕是摘了一棵六叶草吧，"邋遢人难过地说道，"我并没亲眼看见他摘，而且，我提醒过他这么做是犯法的，可是，他可能还是这么做了。"

"那就难办了，"多萝西一脸严肃地说，"除了这位碎布姑娘，还有迷糊兽和玻璃猫外，没有人能救得了他那可怜的叔叔和玛格洛特。"

"可别这么说，"碎布姑娘说，"这不关我的事。我跟玛格洛特和南奇叔叔素不相识，就在我获得生命的同时，他们就变成了石像。"

"我明白，"多萝西遗憾地叹了口气，"玛格洛特忘了给你一颗心。"

"幸亏她没有给我，"碎布姑娘回嘴道，"有了心一定是一大麻烦，因为心会让人伤心难过，也会让人忠诚或富有同情——所有这些情感，都会影响到一个人的幸福指数的。"

"我倒是有一颗心，"玻璃猫嘀咕着，"是用红宝石做的，但是，我不会因为救南奇叔叔和玛格洛特的事而让它烦我的。"

"你真是铁石心肠，"多萝西说，"还有迷糊兽，你当然——"

"啊，你是说我吗?"迷糊兽说，它正交叠着双腿，斜躺在地板上，看上去就像一只方方正正的盒子，"刚才说的那两个不幸的人，尽管我从来没有见过面，但我还是为他们感到很难过，因为我也经历过好几次不幸。当我被关进森林的时候，多么渴望有

人能把我救出去。不久，奥乔来了，他真的把我救了出来，所以，我很愿意帮助他叔叔。多萝西，我只是一头愚蠢的野兽，对此无能为力，但只要你吩咐我怎样才能帮助奥乔救活他的叔叔，我一定乐意去做。"

多萝西走上前，拍了拍迷糊兽方方正正的头。

"虽然你长得不好看，"她说，"可我还是蛮喜欢你的。说吧，你有什么本领？或者有什么绝招？"

"我生气的时候，我的眼睛能喷火——是真的火。只要有人对我说'克里兹勒——克鲁'，我就会生气，一生气，眼睛里就能喷出火来。"

"放个烟火什么的并不能救活奥乔的叔叔的，"多萝西说，

"你还有什么本领呢？"

"我——我一直以为自己的吼叫声挺恐怖的，"迷糊兽吞吞吐吐地说，"可是，也许是我搞错了。"

"对啊，"邋遢人说，"你当然是搞错啦。"他又转向多萝西，说道："那个芒奇金男孩会怎么样呢？"

"我不知道，"她说着若有所思地摇了摇头，"当然，关于此事，奥兹玛一定会亲自过问的，然后进行惩罚。至于如何惩罚，我也不清楚，因为就我对翡翠城的了解，到目前为止，还没有人被惩罚过呢。真是太糟糕了，邋遢人，你说呢？"

趁着他们说话的当儿，碎布姑娘就在房间里走来走去，欣赏着里面所有精美的摆设。她手里一直提着奥乔的那只篮子，现在突然想起，于是决定看看里面装了些什么。她看到了面包和奶酪，这个对她毫无用处。她又看到了那束护身符，尽管她很好奇，但又无法理解。于是，她拨开护身符，映入眼帘的是那棵奥乔偷偷摘取的六叶草。

碎布姑娘很是机敏，她虽然没有心，但她知道奥乔是她获得生命后的第一个朋友。她立刻明白了奥乔被捕的原因，同时也明白，奥乔之所以把篮子给她，就是为了不让他们在他身上找到六叶草，拿到他的犯罪证据。于是，她转过头，见没人注意到她，便迅速从篮子里取出那棵六叶草，扔进了多萝西桌子上的一只金

花瓶里，然后若无其事地来到多萝西身边，对她说道：

"我不愿帮忙救奥乔的叔叔，但我愿意帮奥乔。他并没违反任何法律，没有什么能证明这一点，那个绿胡子士兵就无权逮捕他。"

"是奥兹玛下的逮捕令，"多萝西说，"她是绝不会胡来的。但是，如果你能证明奥乔是无辜的，他们立刻就会将他无罪释放。"

"那他们总得拿出证据来，才能证明奥乔有罪吧？"碎布姑娘问。

"我想应该是的。"

"那就好，他们是拿不出证据的。"碎布姑娘声明道。

多萝西每天都要和奥兹玛一起吃晚饭，这时已快到用餐的时间了。多萝西摇了下铃铛，唤来一名仆人，令他带迷糊兽去一间舒适的房间，尽情享用他喜欢吃的晚餐。

"我最爱吃的是蜜蜂。"

"你不能吃蜜蜂了，但会给你吃同样好吃的东西。"多萝西告诉他说。她又命人把玻璃猫带到另一间房间去睡觉，但把碎布姑娘留在了自己的一个房间里，因为对这位奇怪的姑娘，她很感兴趣，想再跟她谈谈，做更深入的了解。

第十七章

奥兹玛和她的朋友们

邋遢人在王宫里有自己的房间，所以，他径直来到房间，脱下那套乱蓬蓬的衣服，准备换上一套同样乱蓬蓬、但是干净的衣服。他挑了一套豆青色和粉红色的衣服，料子是缎子和丝绒的，衣服边上全都垂挂着流苏，衣服上镶满了闪闪发光的珍珠。他又在雪花石膏砌成的池子里洗了个澡，胡乱梳理了一下乱蓬蓬的头发和胡子，目的就是要把它们弄得更乱。最后，他穿上了那套显赫的乱毛蓬松的衣服。当他来到

奥兹玛的宴会厅时，发现稻草人、巫师和多萝西早已等候在那里。稻草人真是来去神速，这么快就回到了翡翠城，他的左耳朵已经被重新画好。

大家站在那里等了不多一会儿，一位仆人把门打开，乐队奏起了音乐，奥兹国的女王奥兹玛驾到。

物产最富饶、生活最幸福的奥兹仙境已被叙述和描写过许多次，奥兹玛女王的甜美容貌和仁慈品行也已是人尽皆知。尽管她具有与生俱来的女王气质，可她毕竟还是个小姑娘，有着跟一般女孩一样的兴趣和爱好。当她坐在金碧辉煌的王宫中那张绿宝石的御座上制定法律、调停纠纷、努力为她的臣民谋求幸福时，她就是一位威严端庄的女王，然而，当她脱下镶满珠宝的王袍、放下手中的权杖、回到自己的房间时，就不再是那位沉着冷静的女王，而是一位充满欢乐、活泼可爱、无忧无虑的小姑娘。

在今晚的宴会上相聚的都是些值得信赖的老朋友，所以奥兹

玛非常自在——一言一行纯粹就是一位小姑娘。她和每一个人打着招呼，亲了下多萝西，对邋遢人微笑，跟矮小的老巫师亲切握手，最后捏了捏稻草人圆鼓鼓的手臂，开心地说道：

"多么漂亮的左耳朵啊！哎呀，比原来的好看多啦。"

"你能喜欢，我真的很开心，"稻草人满意地回答道，"金吉尔干得真漂亮，是不是？我的听力现在非常好。只要画得恰到好处，小小一笔就能产生奇迹。不觉得很妙吗？"

"真的太妙了，"奥兹玛边说边和大家一起入座，"不过，这么远的距离，锯木马一天就能把你带回来，它跑得速度肯定快如闪电了。我本来以为你最早也要到明天早上才能回来。"

"嗯，"稻草人说，"我在路上碰到一位漂亮姑娘，想再见见她，所以就赶回来了。"

奥兹玛笑了起来。

“我知道，”她回答说，“她叫碎布姑娘，虽然说不上是沉鱼落雁，但也还是蛮迷人的。”

“这么说你见过她了？”稻草人急切地问。

“是在我的魔法图里看到的。通过它，我可以看到奥兹国里所有有趣的事情。”

“那她本人比魔法图中的好看多了。”稻草人说。

“她身上的那个色彩，真是无与伦比，”奥兹玛说，“暂且不说是谁把她拼接出来的，那些挑选出来的碎布片的色彩真的很鲜艳、很亮丽。”

“你能喜欢她，我很高兴。”稻草人满意地说。尽管稻草人不用吃饭，但奥兹玛和伙伴们用餐的时候，他经常过来凑热闹，跟大家聊聊天。他坐在桌子旁，面前摆放着餐巾和餐具，但仆人们都心知肚明，不会给他端菜。过了一会儿，他问：“碎布姑娘在哪儿呢？”

“在我的房间里，”多萝西回答说，“我很喜欢她，尽管她很古怪，而且——而且——与众不同。”

“我觉得她有些疯疯癫癫的。”邋遢人接过话说。

“可她真的很漂亮！”稻草人大声说道，好像仅凭这一点就可以抵消所有的不是。对于他的热情，大家都大笑起来，可稻草人显出一脸的严肃。见他对碎布姑娘如此感兴趣，大家也就不再对她说三道四了。奥兹玛的这帮朋友虽然人数不多，可个个离奇有趣，所以交往中必须小心翼翼，以免伤了和气不欢而散。真是这种周全的友好态度，使大家成了亲密无间的好朋友，聚在一起时总是其乐融融，十分开心。

再有，他们在一起时总是避开谈不开心的事情，因此，席间大家并没提及奥乔的麻烦事。然而，邋遢人还是讲了他遇见怪异的大叶子捕捉路人、把他们卷起来的那段奇遇，讲了他如何拔掉大豪猪奇斯身上用来射人的尖刺。多萝西和奥兹玛大加赞赏他的英雄壮举，认为奇斯是咎由自取。

接着，他们又说到了迷糊兽，认为这是他们见过的最为奇特的动物——也许，只有锯木马才可以跟它相提并论。奥兹玛并不知道自己的国土上居然还有像迷糊兽这样的野兽，而且还在森林里被关了这么多年。多萝西说，她相信迷糊兽是善良老实、忠诚可靠的，可她就是不太喜欢玻璃猫。

"不过，"邋遢人说，"玻璃猫还是蛮漂亮的，如果它不是总吹嘘自己粉红色的脑子，不是那么自高自大，还是可以做个玩伴的。"

那位巫师一直默默地吃着东西，这时，他抬起头，开口说道：

"驼背巫师炼制的生命之粉真的非常奇妙，可这位皮普特博士并不知道它的价值所在，而是将它用在了一些乱七八糟的事情上。"

"这件事我会过问的，"奥兹玛严肃地说，她马上又面露微

笑，用轻松的口气说道，"说起来还真巧了，就是因为皮普特博士这神奇的生命之粉，我才成了奥兹国的女王。"

"我可从未听说过此事哦。"邋遢人看着奥兹玛说道。

"嗯，是这样的。我还是个婴儿的时候，被一个叫姆比的老巫婆偷了去，并且把我变成了一个男孩，"女王带着姑娘家的天性，开始讲述起来，"那时候我并不知道自己是谁，后来长大了，能干活了，老巫婆就让我伺候她，不是让我砍柴，就是让我在院子里耕地。有一天，她出门回来时带回来一些生命之粉，就是皮普特博士给她的吧。我造了一个南瓜脑袋的假人，摆在她回来的路上，打算吓唬吓唬她，因为我爱闹着玩，心里也恨死了那个老巫婆。可她知道那是个假人，为了测试一下她的生命之粉灵不灵，她在南瓜脑袋的假人身上撒了一些生命之粉，结果，那假人真的活了，他就是我们现在的好朋友南瓜头杰克。我怕受到惩罚，当天晚上就和杰克一起逃跑了，还带走了老姆比的生命之粉。途中我们看到路边站着一只锯木马，我便用生命之粉将它变活了。从此以后，锯木马就一直跟随着我。我来到翡翠城的时候，善良的好女巫葛琳达了解我的身世，就把我变回原身，也就是在那个时候，我成了奥兹国的女王。所以，你们看，如果老姆比不把生命之粉带回家，我就不会逃出来，成为奥兹国的奥兹玛，当然也就没有像南瓜头杰克这么有趣的朋友，没有像锯木马

这样令人感到惬意的坐骑了。"

邋遢人兴致勃勃地听着奥兹玛的故事，其他人也是听得津津有味，尽管以前已听过许多回了。吃罢晚饭，大家一起去了奥兹玛的客厅，在那里度过了一个愉快的晚上，然后各自回房休息。

第十八章

奥乔得到了宽恕

第二天早晨，绿胡子士兵就去监狱，将奥乔带到王宫，因为奥兹玛将在那里对他进行审判。士兵给奥乔重新戴上镶有珠宝的手铐，蒙上只留出两个眼洞的白袍。奥乔因为自己的不光彩行为羞愧难当，所以巴不得用这种办法把自己遮盖起来，这样别人就看不到他的脸面，不知道他是谁。他顺从地跟在绿胡子士兵后面，希望自己的命运能尽快得到裁决。

翡翠城的居民都很有教养，

从不嘲笑遭受不幸之人。可是，这么多年来很少看到过罪犯，所以许多人对奥乔投来好奇的眼光，还匆匆赶到王宫，打算旁听审判。

奥乔被带到王宫大殿时，发现那里已聚满了好几百人。奥兹玛身穿镶满翡翠和珍珠的王袍，端坐在闪耀着珠光宝气的绿宝石御座上。两边略低一些的地方，右边坐着多萝西，左边坐着稻草人，而就在奥兹玛的正前方，坐着那位非凡的奥兹国巫师，他身旁的一张小桌子上，摆着多萝西房里的那只金花瓶，碎布姑娘就是把那棵六叶草扔进了这只花瓶里。

奥兹玛的脚边蹲伏着两头巨兽，都是同类中最大最威猛的。尽管那两头巨兽都没被拴住，但在场的人中没有一人觉得害怕，因为它们是人尽皆知的胆小狮和饥饿虎，在翡翠城备受尊敬。每当女王登殿朝见时，这一狮一虎便庇护在左右。除此之外还有一只小动物，只是被抱在了多萝西的怀里，那就是片刻不离其身的小狗托托。托托认识胆小狮和饥饿虎，它们经常在一起戏耍玩闹，早已成了好朋友。

在御座前面，隔开一条走道，是几排象牙椅子，里面坐着翡翠城的王公贵族，男男女女，个个衣着华丽。除此之外，还有一些穿着奥兹国宫廷制服的大臣们。他们的后面，坐着其他一些地位较低下的人。所有这些人聚在这里，把整个王宫大殿塞个水泄不通。

就在绿胡子士兵领着奥乔进来的时候，邋遢人陪着碎布姑娘、迷糊兽和玻璃猫也从旁门走了进来。这两组人来到御座前，面向着女王，站立在那儿。

"喂，奥乔，"碎布姑娘说，"你好吗？"

"还好。"奥乔回答说。他从未见过这种场面，因而吓得声音有些发抖。碎布姑娘可是无所畏惧，迷糊兽身处如此壮观的场面也有些忐忑不安，玻璃猫却是异常兴奋，因为它喜欢宫廷这般豪华的环境和气势磅礴的场合——尽管它觉得有些装腔作势，但还是认为蛮有意思的。

随着奥兹玛的一个手势，绿胡子士兵取走了罩在奥乔身上的白袍。奥乔面对的，就是那个将对他做出裁决的小姑娘。他偷偷瞄了一眼，这姑娘好漂亮、好甜美啊！胸中那颗快乐的心不由得跳跃起来，因为他相信，这位美丽的姑娘一定很仁慈。

奥兹玛坐在那里，注视着眼前这位犯人。最后，用温和的语气说道：

"奥兹国的其中一条法律，就是严禁摘取六叶草。你被指控违反了这条法令，而且之前已经有人警告过你。"

奥乔低着头，不知如何回答。这时，碎布姑娘走上前，替他申辩。

"所有这一切都是无中生有，"她说道，根本没把奥兹玛放在眼里，"你们没有证据证明他偷摘了六叶草，所以就无权指控他违反什么法令。你们可以搜他的身，但他身上肯定没有六叶草，你们也可以搜他的篮子，但同样不会有所发现，因为他根本就没有摘取六叶草。所以，我要求你们马上释放这位可怜的芒奇金男孩。"

听到这番公然的抗辩，所有旁听的奥兹国人都大为震惊，没想到这位奇特的碎布姑娘竟敢如此大胆地跟他们的女王说话。但奥兹玛一言不发，仍然一动不动地坐在那里，倒是那位矮个子巫师开了口。

"照你这么说，他没有摘过六叶草，嗯?"他说，"可我认为他摘了。他把六叶草藏在了篮子里，又把篮子交给了你。我还认为，你把那六叶草扔进了多萝西房内的这只金花瓶里，想消灭罪证，以此来证明这个男孩是无辜的。你只是个初来乍到者，碎布小姐，所以你并不知道，任何事情都瞒不过我们伟大女王的魔法图，也逃不过鄙人——奥兹国的巫师这双警惕的法眼。大家都看好了!"他边说边朝桌子上的花瓶挥了挥手。碎布姑娘这才注意到，原来桌子上还有一只金花瓶呢。

只见瓶嘴里冒出来一支嫩芽，眼睁睁看着它慢慢长大，最后长成一棵美丽的多枝小矮树，最高的树枝顶上，就是不幸儿奥乔摘取的那棵六叶草。

碎布姑娘望着六叶草，说道:"噢，这么说你们找到它了。很好啊，你们有本事的话，就证明是他摘的吧。"

奥兹玛转向奥乔。

"你摘了六叶草没有?"她问。

"摘了，"他回答说，"我知道这是违法的，可我就是想救活南奇叔叔。我害怕向你提出请求的话，你会拒绝我。"

"你怎么会那样想呢?"女王问。

"嗯，我觉得这是一条愚蠢的法令，既不公正，也不合理。就是现在，我还是不明白，摘一棵六叶草会带来什么危害。当

时，我——我还没见到翡翠城，也没见到你，因而认为，制定出如此荒唐法令的小女孩是不可能助人为乐的。"

奥兹玛的一只手托着下巴，若有所思地看着奥乔。她并没有生气，相反，想着想着，脸上还露出了一丝微笑，但很快又摆出一脸的严肃。

"我觉得，只有不了解制定法律目的人才会觉得这些法律是愚蠢的，"她说，"但是，每一条法律的制定都是有其目的的，那就是保护所有的人民，捍卫他们的幸福。因为你是初来乍到，我就来给你解释一下为什么要制定一条在你看来十分愚蠢的法令。很多年以前，奥兹国内有许多巫师和魔法师，他们实施魔法的时候，经常会用到一样东西，那就是六叶草。这些巫师和魔法师不是用他们的法力为老百姓造福，而是胡作非为，恶意中伤。于是，我决定禁止任何人实施魔法或法术，只有善良的葛琳达和她的助手，即奥兹的巫师除外。我相信他们两个的高超本领只会给我的子民造福，使他们更加幸福。自从我颁布那条法令以来，奥兹国就太平多了，老百姓的日子也过得更加安稳了。可是，据我所知，仍有一些巫师和魔法师在偷偷地施魔法，用六叶草炼制药剂和符咒。所以，我又颁布了一条法令，禁止任何人摘取六叶草以及其他用来熬炼仙丹灵粉的植物和药草。这样一来，我们国家的邪恶巫术才算得到了遏制。所以你看，这条法令不是愚蠢荒谬

的，而是英明的，合情合理的。再说了，无论在什么情况下，违反法律总是错误的。"

奥乔明白，她说得很有道理。想到自己可笑的言行，他觉得真是无地自容。可他还是抬起头，正视着奥兹玛，说道：

"对不起，我做了错事，违反了你们的法律。我是为了救南奇叔叔才这么做的，认为不会被人发现的。可我还是犯了罪，不管你怎么惩处我，我都愿意接受。"

奥兹玛露出了更加灿烂的笑容，宽容地点了下头。

"我决定宽恕你了，"她说，"因为虽然你犯了严重的错误，但你已有所悔悟，而且我觉得你已受到了足够的惩罚。士兵，给幸运儿奥乔下了手铐，然后——"

"对不起，我的名字叫不幸儿奥乔。"小男孩说。

"此刻你是幸运的，"奥兹玛说，"把他放了，士兵，还他自由。"

听到奥兹玛的判决，众人都非常高兴，纷纷发出低低的赞赏声。审判到此结束，人们相继离开王宫大殿，很快便只剩下奥乔和他的朋友们，还有奥兹玛和她的几位好朋友。

年轻的女王这才让奥乔坐下，让他讲所有发生的故事。奥乔从离开森林中的家开始讲起，一直讲到自己来到翡翠城被捕为止。奥兹玛认真地听着，待小男孩讲完后，思考了一下，然后说道：

"驼背巫师造出玻璃猫和碎布姑娘是不对的，他这样做就是违反了法令。如果他没有非法藏有石化液，将它放在架子上，他的妻子玛格洛特和南奇叔叔也就不会遭此大难。不过，奥乔爱他的叔叔，不把叔叔救活他心里难受，这一点我能够理解。还有，让那两位受害者永远做两尊石像站在那里也不是件好事。所以我提议，不妨让皮普特博士实施这个魔法，把他们两个救活。我们大伙儿呢，就帮着奥乔找到他所需要的那几样东西。巫师，你觉得如何？"

"也许这是最好的办法了，"巫师回答说，"但是，在驼背巫师把那两个可怜人儿救活后，你必须废了他所有的法术。"

"我会的。"奥兹玛答应道。

"好了，现在请告诉我，你要找哪几样神奇的东西？"巫师转向奥乔，说道。

"我已找到了迷糊兽尾巴上的三根毛，"小男孩说，"确切地说，我找到了迷糊兽，那三根毛还长在它的尾巴上。六叶草我——我——"

"你可以留着那棵六叶草，归你了，"奥兹玛说，"这不算犯法，因为这六叶草已被摘了下来，而且偷摘的罪也已经被赦免了。"

"谢谢你！"奥乔感激地大声说道，"接下来我要找的是黑井里的一吉耳水。"

迷糊兽摇摇头说："这个比较难办，不过，如果你能走遍天涯海角，或许就能找到。"

"只要能救活南奇叔叔，哪怕走上好几年我也愿意。"奥乔斩钉截铁地说，语气很是真诚。

"那你赶快上路吧。"迷糊兽建议说。

多萝西一直在一旁饶有兴味地听着。此时，她向奥兹玛转过身，问道："我能跟着奥乔一起去，助他一臂之力吗？"

"你真的想去？"奥兹玛反问道。

"是的。我对奥兹国非常熟悉，奥乔可是人生地不熟的。我

为他叔叔和可怜的玛格洛特感到遗憾，所以想帮着一起去救他们。可以让我去吗？”

“你想去就去吧。”奥兹玛回答说。

“多萝西去的话，我也要跟着去，这样可以好好照看着点儿，”稻草人坚定地说，“只有在偏僻的地方才能找到黑井，那种地方是很危险的。”

“我准许你陪多萝西去，”奥兹玛说，“你不在的时候，由我来照看碎布姑娘。”

“还是由我自己来照看自己吧，”碎布姑娘说，“因为我想跟稻草人和多萝西一起去。我答应过奥乔，要帮他找到他所需要的东西。所以，我必须信守诺言。”

“那好吧，”奥兹玛回答说，“可是玻璃猫和迷糊兽呢？我看奥乔没有必要带上它们了吧？”

“我愿意留在这里，”那猫儿说道，“我已有好几次差一点被碰碎。如果他们去的地方很危险，我最好还是不要去了吧。”

“那就让杰莉雅·詹布照看它，直到奥乔回来再说，”多萝西建议道，“迷糊兽我们也不用带了，但一定要把它照看好，因为它尾巴上的三根毛还要派大用场呢。”

“最好带我一起去，”迷糊兽说道，“别忘了，我的眼睛能喷火，我还能吼叫——尽管只是轻轻的。”

"我觉得你还是留在这儿更安全。"奥兹玛决意地说道。于是，迷糊兽不再有任何异议。

经过一番商议后决定，奥乔一行人明天就离开翡翠城，去寻找黑井里的一吉耳水。大家各自散开，为明天的旅途做好准备。

奥兹玛替奥乔在王宫里安排了一个房间，以备他过夜。那天下午奥乔跟多萝西在一起——用她的话说，是相互了解一下——他们还一起去讨教邋遢人，问他他们该去什么地方。邋遢人去过奥兹国的许多地方，多萝西也是如此，可两人谁都不知道哪里能找到黑井。

"如果奥兹国里有人住的地方有黑井的话，"多萝西说，"我们早就该听说了。如果是在荒无人烟的地方才有的话，那么，人都没有，还要井干什么呢？也许根本就没有什么黑井。"

"噢，肯定有的，"奥乔肯定地回答说，"要不然皮普特博士的秘方上就不会有这要求了。"

"这倒也是，"多萝西赞成道，"只要是在奥兹国境内，我们就一定能找到它。"

"嗯，无论如何，我们也要尝试一下，"稻草人说，"至于能不能找到，那就全凭运气了。"

"可不能这么说，"奥乔恳切地说，"你们都知道，我的名字叫不幸儿奥乔。"

第十九章

遇见托滕霍茨人

离开翡翠城走了一天后，这群冒险家来到了南瓜头杰克的家里，那是一间用一个巨大的南瓜壳做成的屋子，这也是杰克的杰作，对此他感到十分自豪。屋子有一扇门、几扇窗，屋顶上伸出一个烟囱，下面连着一个小炉子。门前有三个台阶，屋里铺着优质地板，上面摆着一些舒适的家具。

其实，只要南瓜头杰克愿意，他一定能住上更加舒适的房子，因为他是奥兹玛最早认识的

伙伴，何况奥兹玛非常喜欢这位傻乎乎的朋友。但杰克宁愿住在
自己的南瓜屋里，因为他觉得这才跟自己的身份相配。在这一点
上，他可一点都不傻。

我们来看看这位非同寻常的人物吧：他的身体是用木材做
的，大小和粗细不一的树枝构成了他的躯体和四肢。就在他这样
的一个木架子上，套着一件有白点子的红衬衫，衬衫外面是一件
黄马甲，黄马甲外面又套了件镶有金丝的绿外套。他下身穿一条
蓝裤子，脚蹬一双结实的皮鞋。脖子是一根尖木棒，南瓜头就被
安在棒尖上，眼睛、耳朵、鼻子和嘴巴都是在南瓜皮上刻出来
的，看上去就像万圣节时孩子们玩的南瓜灯。

这间别出心裁的南瓜屋就坐落在一大片南瓜田的中央，周围
藤蔓丛生，上面结满了大大小小的南瓜，有的已经熟透，几乎和
杰克的房子一般大小。杰克告诉多萝西，打算再扩建一间南瓜
屋。

一行人被热情地迎进了这间离奇有趣的住宅中，并被邀留下来过夜，他们也正有这个打算。碎布姑娘对杰克很是好奇，用赞赏的目光对他看个不停。

"你好帅，"她说，"但跟稻草人比起来，你就不如他了。"

一听这话，杰克转过身，用挑剔的目光打量起稻草人，而他的老朋友则俏皮地眨了下眼睛。

"每个人的品位有所不同，"南瓜头杰克叹道，"曾经有只老乌鸦说我很有魅力，当然，乌鸦也有可能说得不对。可我注意到，乌鸦见到稻草人都会逃跑。稻草人是个很诚实的家伙，可惜肚子里装的都是稻草。我的肚子里可没有稻草，不信的话你们可以看。而我的身体是用上等坚实的胡桃木做成的。"

"我就喜欢身体里填塞东西。"碎布姑娘说。

"嗯，说起这个，我的脑袋里就塞有南瓜子，"杰克说道，"我用它们代替脑子。南瓜子新鲜的时候，我的脑袋就特别灵。只是刚才我脑袋里的瓜子在嘎嘎作响，看来我得赶紧换个脑袋了。"

"什么？你要换脑袋？"奥乔问。

"是的。遗憾的是，南瓜不能永久保鲜，很容易腐烂。所以我必须种那么多的南瓜，什么时候需要的话，随时就可以换个脑袋。"

"那面孔由谁来刻呢?"奥乔问。

"我自己啊。我把老的脑袋取下来,放在桌子上,作为参考。有时候,我会把脸精雕细琢——刻得富有表情,一副开开心心的样子,可有时候就马马虎虎了。但总的来说,我觉得我的手艺还是很不错的。"

临出发前,多萝西准备了一个背包,里面装着一些需要的东西,现在就由稻草人替她背着。小姑娘穿一条素色的格子布连衣裙,头戴一顶方格子遮阳帽,因为她知道,这样的穿着最适合远行。奥乔还是随身带着那只篮子,除原来的东西外,奥兹玛又给了他一瓶"美餐片"和一些水果。除南瓜外,南瓜头杰克还在院子里种了许多其他的东西,所以,他为大家煮了一顿鲜美的素菜汤,给多萝西、奥乔和托托吃了南瓜饼和绿色奶酪,因为只有他们三个才需要吃东西。杰克又在靠一面墙壁的地板上铺了清香的干草,作为他们睡觉的床铺,虽然简单,但多萝西和奥乔已是非常满意。托托当然是挨着它的小主人睡。

稻草人、碎布姑娘和南瓜头都是不会觉得疲倦的,所以不需要睡觉。他们彻夜坐在灿烂的星光下,开心地聊着天。他们压低嗓音,以免吵醒在屋里睡觉的人。谈话中,稻草人说到了寻找黑井的事,问杰克哪里能找到黑井。

南瓜头认真思索着。

"这事还真难办，"他说，"不过，换做我的话，就随便找一口井，把它围起来，这样就不变成黑井了吗？"

"恐怕这不管用，"稻草人回答说，"这必须是口自然的黑井，井水必须从未见过天日，不然的话，魔法就会失灵的。"

"你们需要多少水呢？"杰克问。

"一吉耳水。"

"一吉耳水是多少呢？"

"呃——一吉耳就是一吉耳咯，这还用问吗？"稻草人这样回答说，因为他不希望显得自己很无知。

"我知道，"碎布姑娘大声说道，"杰克和吉尔上山去——"

"不对，不对，你搞错啦，"稻草人打断她说，"这个吉耳和你说的吉尔是两回事，你说的吉尔是个女孩，而我们说的是——"

"一种吉利花。"杰克说。

"不是，吉耳是一种计量单位。"

"那有多大呢？"

"这个嘛，我还是问一下多萝西吧。"

第二天早晨，他们就问了多萝西，多萝西说：

"我不知道一吉耳到底是多少，可我带来了一只金的长颈瓶，可以装一品脱水。品脱肯定比吉耳大，这一点我可以保证。到底要多少，就让驼背巫师自己去量吧。可现在最麻烦的，杰克，就是要找到那口黑井。"

杰克正好站在自家门口，他环顾了一下四周，看看周围的地形。

"这里都是平原，你们不可能找到黑井，"他说，"你们必须去山里，那里有许多岩石和岩洞。"

"哪里有山呢？"奥乔问。

"在南边的奎德林，"稻草人说，"我一直认为我们非去山里不可。"

"我也是这么认为的。"多萝西说。

"可是——天哪！——奎德林危机四伏啊，"杰克说，"我从未去过那个地方，不过——"

"我倒是去过，"稻草人说。"在那里我碰到过可怕的锤头人，他们没有胳膊，会像山羊那样用脑袋撞人；我还碰到过战斗树，它们会弯下树枝，对你一顿抽打。当然，我还遇到过其他许多险情呢。"

"那是一个很野蛮的地方，"多萝西冷静地说道，"如果我们去那儿，一定会碰到许许多多的险情，但是，为了找到黑井，为了得到那一吉耳的水，我们非去那里不可。"

于是，大伙告别了南瓜头，继续踏上征途，径直朝南面走

去。那里大山绵延，岩壁威立，洞穴不绝，森林密布。虽然这地方也隶属于奥兹仙境，应当拥奥兹玛为女王，并且效忠于她，但因地处偏僻，至今依然是荒芜野蛮，许多乖戾的人就藏在丛林中，用自己的方式生活着，根本不知道翡翠城里还有一位他们的女王。只要不受到打扰，这些人从来不会给奥兹国的其他居民添麻烦，但是，如果有人侵犯了他们的领地，危险就会层出不穷。

离开南瓜头杰克的家后，大伙走了两天，才到达奎德林的边境。因为多萝西和奥乔都走不快，还经常停下来在路边休息。第一天晚上，他们就露宿在广阔的田野里，在毛茛属植物和菊科植物丛中过了一夜。稻草人从背包中取出一条薄毯子，盖在两个孩子的身上，免得他俩夜里着凉。第二天傍晚时分，他们来到一片沙地，这里真是举步维艰，但是，在前面远处，他们看到了一片棕榈树，树下有许多奇怪的黑点。大家迈着艰难的步履，勇敢地继续往前走，打算在天黑前到达那里，在树底下过夜。

随着他们往前走去，那些黑点也越来越大。尽管天色已黑，多萝西还是看出来，它们看上去像一只只倒扣的大锅。再往远处望去，是一大片凌乱散开、高低不平的巨石，地势也越来越高，最后和远处的高山连成一体。

大伙儿决定明天天亮后再翻越那些乱石岗。他们都明白，这将是他们在平原上过的最后一夜。

大伙儿来到那些棕榈树前时，天色已完全暗了下来。树底下真的有他们从远处看到的黑乎乎的圆形物，有好几十个，分散在四周。多萝西凑近一个跟她差不多高的，想看个究竟，不料，那东西的顶部突然裂开，随即蹦出一个黑黑的物体，在空中拉长身体，然后扑通一声，正好落在小姑娘的身旁。紧接着，一个又一个的黑色物体从锅状的圆形物中蹦了出来——就像玩具盒被打开后，跳娃娃从里面蹦出来一样——不多不少，总共蹦出来一百个，将我们这伙冒险家们团团围住。

这时候，多萝西已经看清楚，他们都是人，尽管个子极小，而且奇形怪状，但的确是人。他们皮肤黝黑，鲜红色的头发根根竖立，犹如铁丝一般。除腰间围一块兽皮外，身体全部裸露在

外，手腕和脚腕上都戴着镯子，脖子上挂着项圈，耳朵上垂着一对大耳环。

托托躲在小主人身边，不停地哀号着，仿佛一点都不喜欢这些怪物。碎布姑娘嘴里开始咕哝起来："霍皮嗫，喽皮嗫，甲皮嗫，砰！"但此时此刻，并没人关注她在说些什么。奥乔紧挨着稻草人，稻草人又紧挨着多萝西。小姑娘真是临危不惧，只见她转过身，面对着那些怪物，问道：

"你们是什么人？"

他们异口同声地回答，就像在唱赞美诗一样。他们说：

我们是快乐的托膝霍茨人，

我们不喜欢白天，

但到夜晚时分

我们蹦蹦跳跳，嬉笑连连。

我们都逃避太阳，

但月亮凉爽、清新，

每一个托滕霍茨人

等待它的光临。

我们每个都是快乐分子，

但也喜欢玩些鬼把戏，

只要和我们同乐同喜，

绝不会伤害到你。

"见到你们很高兴，托滕霍茨人，"稻草人一本正经地说，
"但不能让我们陪你们玩一整夜，因为我们已经走了一天的路，
有几位已经精疲力竭了。"

"我们从不玩赌博，"碎布姑娘补充说，"这是违法的。"

这些话引来了顽皮的小家伙们的阵阵笑声，其中一位还抓住
了稻草人的一条胳膊，可是，一见到稻草人转过来的脸，不由得

大吃了一惊。只见他把稻草人高高举起，然后抛向空中。有人将他接住，又将他抛了回去，就这样，在一片嬉笑声中，稻草人被扔来扔去，就像是只篮球一样。

很快，另一个淘气鬼抓住了碎布姑娘，用同样的方法将她抛了出去。他们发现她比稻草人略重一些，但还是能轻松地把她抛起来，就像扔沙发垫子一样。就在他们玩得起劲时，多萝西突然冲入了人群。原来，看到自己的朋友遭受如此待遇，多萝西气愤极了。她不是打就是推，终于把稻草人和碎布姑娘救了出来，一边一个，将他俩紧紧搂在身边。要是没有托托的帮助，她也许赢不了此战。托托一边叫，一边猛咬淘气鬼们的光腿，吓得他们抱头鼠窜。至于奥乔，有几个淘气鬼也想抛他，但发现他太重了，就把他扔在地上，一帮小淘气一起压在他身上，以防他去帮多萝西的忙。

这帮小黑人没想到会受到小姑娘和一条小狗的攻击，着实吃了一惊，有一两位还被打得哭了起来。突然，他们一起大喊一声，转眼间便消失在了各自的圆屋里。一时间，关盖子的声音噼里啪啦地响成一片，就像在放鞭炮一样。

现在就剩下这几位冒险家了，多萝西焦急地问：

"有人受伤了吗？"

"我没有，"稻草人回答说，"他们把我扔来扔去，倒是抖匀

了我身上的稻草，隆起来的地方都变平了。我现在的状态极佳，真的该感谢这帮托滕霍茨人，为我做了件好事。"

"我也是，"碎布姑娘说，"走了一天的路，我身上的棉花已垂成了一团，经他们这么一闹，我的棉花被抖松了，我现在感觉又像香肠一样饱满了。不过，他们这样玩也太粗鲁了一点，我已经受不了啦，幸亏你出面，教训了他们一顿。"

"有六个人压在我的身上，"奥乔说，"还好他们个子不大，没有伤到我什么。"

就在这时，他们跟前的一个屋子的顶盖打开了，一位托滕霍茨人小心翼翼地探出头来，看着这些不速之客。

"难道你们连个玩笑都开不起吗？"只听他这样问道，语气中带着责备，"难道你们真的就没有一点情趣吗？"

"即使我有情趣，经你们这么一折腾，也早就没有了，"稻草人回答说，"不过，我是不会记仇的，原谅你们了。"

"我也原谅你们了，"碎布姑娘紧接着说道，"我的意思是，从今往后你们一定要有所收敛。"

"这又不是什么暴力行为，只是玩玩而已，"托滕霍茨人说，"问题是，为什么要我们有所收敛呢？该收敛的应该是你们。我们不能被整夜关在这里，现在是我们玩乐的时候；我们可不想出来被一只野蛮的禽兽撕咬，也不想被一个穷凶极恶的小姑娘猛揍一顿。她下手可真狠，我们中有好几个都被揍哭了。所以我有个提议：我们互不干扰，井水不犯河水。"

"是你们先挑起事端的。"多萝西说。

"就算你们赢了好吗？咱们以后别再为此事争论了。我们还能出来吗？你们不会还是那么残暴，要大打出手吧？"

"你听我说，"多萝西说，"我们都走累了，希望能好好睡上一觉，明天早上好继续赶路。你们不妨把房子借给我们睡觉，你们在外面爱怎么玩就怎么玩，如何？"

"就这么定了！"托滕霍茨人热切地大叫起来，随着他一阵奇怪的口哨声，一个个小黑人从各自的圆屋中蹦了出来。见眼前的那间圆屋子空了，多萝西和奥乔把头探过去，想看看里面究竟有什么。只见里面黑咕隆咚的，什么也看不清。他们两个都想到，

既然托滕霍茨人白天能在里面睡觉，那晚上他们也能在里面睡觉了。奥乔于是爬了进去，发现里面并不很宽敞。

"里面铺着软垫子呢，"他说，"快下来吧。"

多萝西把托托递给奥乔，然后自己也爬了进去。紧接着，碎布姑娘和稻草人也爬了进去，他们两个并不想睡觉，但觉得与其和那些喜欢搞恶作剧的托滕霍茨人在一起，还不如和自己的伙伴们在一起呢。

圆圆的小房间里并没有什么家具，但地上铺满软垫，睡在上面很是舒服。他们没有关上屋顶上的盖子，因为这样可以呼吸到新鲜空气。外面不时传来顽皮的托滕霍茨人的喧闹声和嬉笑声，但多萝西和奥乔实在是太累了，不一会儿便进入了梦乡。

托托一直密切注意着屋外的动静，当外面那些家伙的打闹声实在太过分时，他就发出低低的咆哮声，算作是一种警告。稻草人和碎布姑娘靠墙坐着，说了一夜的悄悄话。整个一夜没有人来打扰我们的冒险家们，直到天亮时，屋子的主人跳了进来，请他们腾出地方，让他睡觉。

第二十章

关在山洞里的尤普

多萝西在准备离开的时候，问道："你能告诉我们，这里哪里有黑井吗？"

"我可从未听说过什么黑井，"那个托滕霍茨人说，"我们大部分的时间都是生活在黑暗中，天一亮就睡觉；从未看到过黑井一类的东西。"

"那边的山里面住着什么人吗？"稻草人问。

"住着许多人呢。但你们最好别去招惹他们。我们可是从不去那里的。"托滕霍茨人回答说。

"他们是些什么人呢?"多萝西问。

"说不上来。我们一直被告诫不要进山,大家也就照着做了。这片砾石荒漠对我们来说已是够好的了,生活在这里没人来打搅。"托滕霍茨人说。

在那些托滕霍茨人躺下睡觉后,大伙儿便离开黑乎乎的房子,在灿烂的阳光下,沿着一条山路向前走去。山路崎岖不平,岩石上尽是锋利的棱角。大家很快发现这山路很难爬,走着走着,竟然就没有了路。他们只好在巨石缝里不停地往上爬,爬啊爬啊,最后终于来到一个大峡谷前,这里的一块巨石仿佛被劈成了两半,变成两堵高墙,屹立在峡谷两边。

"我们不妨走这里吧,"多萝西建议道,"走路可比翻山容易多了。"

"看到那个告示了吗?"奥乔问。

"什么告示?"多萝西诧异地问。

见多萝西没有注意到,芒奇金男孩把手指向他们身旁的一堵石壁,只见上面涂写着几个字:

当心尤普!

小姑娘看了一会儿,然后转向稻草人,问道:

"尤普是人还是什么东西？"

稻草人摇了摇头。多萝西又看向托托，托托低低地"汪"了一声。

"想要弄明白，只有往前走。"碎布姑娘说。

说得没错。于是大家继续往前。越往前走，两边的石壁就越高，不久，他们看到了另一块告示，上面写道：

<blockquote>此处囚禁着尤普，小心！</blockquote>

"噢，这是怎么回事啊？"多萝西说，"既然尤普被囚禁起来了，就没有必要提防他了呀。不管尤普是什么，我觉得把他关起来总比任他四处瞎闯好吧。"

"我也是这么想的。"稻草人点了点被画上五官的脑袋，表示赞同。

"可是……"碎布姑娘若有所思地说。

> 什么尤普呀……呼普呀……卢普呀……鼓普的！
>
> 谁把面条放进了汤里？
>
> 小心归小心，但用不着害怕，
>
> 大胆往前走，定能把尤普吓逃走。

"天哪！你刚才叽里咕噜的，不觉得有点不对劲吗？"多萝西

对碎布姑娘说。

"不是不对劲，而是发神经，"奥乔说，"每当她说那样的话，我就知道她肯定是脑子搭错了。"

"我就不明白了，为什么要让我们当心尤普呢？除非他会伤及无辜。"稻草人困惑地说。

"别多想了，等我们见到他，一切就都明白了。"小姑娘回答说。

大峡谷很是狭窄，可谓"一线天"，还弯弯曲曲的。如果同时向两边伸直双臂的话，就能碰到两边的石壁。托托跑在前面，欢快地晃动着小尾巴，突然，它发出一声恐惧的尖叫声，扭头向大伙儿跑过来，尾巴夹在两腿之间。这是狗狗们害怕时常有的表现。

"啊，"走在前面的稻草人说，"尤普就在前面了。"

说话间，稻草人正好拐过一个急转弯，只见他蓦然停住了脚步，后面的人便一起撞到了他的身上。

"怎么回事？"多萝西说，同时踮起脚尖，从稻草人的身后往前看。当她看清楚是怎么回事时，不由得发出"噢"的一声，声音里满是震惊。

在其中一堵石壁上——即他们左边的石壁——有一个很大的洞穴，洞穴口有一排铁栅栏，铁栅栏的顶部和末端被牢牢地固定在坚实的岩石中。洞穴上方有一块很大的告示牌，多萝西很是好奇，便大声读了出来，好让大家知道写的是什么：

尤普先生和他的洞穴

世上最大的野巨人被囚禁于此洞内。

身高：21英尺——（可他只有2只脚[①]）

体重：1640磅——（可他始终在等待[②]）

年龄：400年"以上"（沿用百货公司的广告语）。

性格：暴躁凶猛——（睡觉时除外）

胃口：非常贪婪——（尤其爱食人肉和橘子酱）

外人不得擅自靠近
否则后果自负!

又启——不可擅自给巨人喂食。

"好吧，"奥乔说，"我们回去吧。"

"回去的话又要走很多路了。"多萝西说。

---

① 原文中为foot，既可理解为"英尺"，也可理解为"脚"。

② 原文中的"weight：体重"和"wait：等待"发音相同。

“是的，”稻草人说，“而且不走这里的话，又得去爬那些讨人厌的锐利的石头了。我看最好是趁其不备时，我们尽快从巨人洞的旁边跑过去。尤普先生现在好像是在睡觉吧。”

可那巨人并不在睡觉。他突然出现在洞口，两只毛茸茸的大手抓住铁栅栏，用力摇晃起来，固定在岩石中的铁条发出哐当哐当的响声。尤普太高大了，我们的几位小朋友不得不向后扬起头，才能看到他的面孔。只见他穿一身镶有花边的粉红色丝绒服，银纽扣，脚上是一双粉红色的皮靴，垂着流苏，帽子上插着一根很大的粉红色的鸵鸟羽毛，呈很漂亮的弧形状。

“哟嚯！”他用深沉的男低音说道，“我闻到饭菜的香味啦。”

“你搞错啦，”稻草人回答说，“这里可没有橘子酱。”

“啊，但我还吃其他的东西，”尤普先生解释说，“也就是说，我抓到什么就吃什么。可这地方太偏僻荒凉，许多年来没有什么可口的鲜肉打我洞边经过，所以，我饿得不行啦。”

“这么多年来你没吃过东西吗？”多萝西问。

“就吃了六只蚂蚁和一只猴子。本以为猴肉的味道和人肉差不多，谁知差别太大了。但愿你们的味道更佳，因为你们看上去肉嘟嘟、嫩嫩的。”

“噢，你是吃不了我的。”多萝西说。

“为什么呢？”

"我不会让你抓到的呀。"她回答说。

"你真是太狠心啦!"巨人嚎啕大哭起来，又使劲摇晃着铁栅栏，"你也不想想，我已经好多年没吃到肉嘟嘟的小姑娘了。他们总是告诉我，肉价一直再涨，可是如果我能抓住你，我相信肉价马上就会下跌的。只要能抓到，我怎会放过你呢?"

话音刚落，巨人便从铁条间伸出两条树干般粗壮的手臂(不同的是，树干没有两个粉红色的丝绒袖管)，那手臂真的好长，隔着一条通道，居然还能碰到对面的石壁。只见他尽力向我们的小冒险家们伸过去，差一丁点儿就能抓到稻草人了——可他就是够不着。

"请你过来一点好吗?"巨人恳求地说。

"我可是个稻草人。"

"稻草人? 呸! 我可不喜欢什么稻草人不稻草人的。你后面那个色彩艳丽的精美佳肴是谁?"

"你说的是我吗?"碎布姑娘问，"我叫碎布姑娘，是用棉花做芯子的。"

"天哪，"巨人仰天长叹，绝望地说，"我的美食从四样减到了两样——外加一条小狗。算啦，那狗就权当是甜点吧。"

托托咆哮起来，躲得远远的。

"往后退，"稻草人对身后的几位说道，"往后退一下，我们再好好商量商量。"

于是，大伙儿退了回去，绕过了那个拐弯处，这里看不到山洞，尤普先生也听不到他们说话。

"我有个主意，"待大家站定后，稻草人说，"我们就从山洞口冲过去。"

"这样的话，他一定能抓住我们的。"多萝西说。

"嗯，确实如此，可他一次只能抓一个，所以待会儿我先上。趁他抓住我的时候，你们就赶紧悄悄地溜过去，跑得远远的。他又不能吃我，很快就会把我放了的。"

大家决定尝试一下这个计划，为了保护托托，多萝西将它抱在怀里，紧跟在稻草人的身后，接下来是奥乔，碎布姑娘殿后。再次接近巨人的洞口时，大伙儿的心怦怦直跳，一个劲地飞速向前移动。

果然不出稻草人所料。尤普先生看到他们向他直奔而来，大吃了一惊，猛地从铁条间伸出双臂，紧紧抓住了稻草人，可他立刻明白过来，自己手中捏着的并不是可以吃的人。也就在这一瞬间，多萝西和奥乔已从巨人身边溜了过去，再也抓不到了。那怪物一声怒吼，扬起一只手将稻草人朝他们身后扔去，另一只手一把抓住了碎布姑娘。

巨人瞄得太准了，可怜的稻草人在空中翻了几个筋斗，狠狠地砸在了奥乔的后背上，把他撞了个倒栽葱，紧跟其后的多萝西被他绊倒，也是啪的一声跌倒在地上，托托从她怀里飞了出去，被甩在前面好远的地方。他们个个都摔得头晕目眩，好一会儿才从地上爬起来，又回头朝那巨人洞望去，正好看到凶残的尤普先生将碎布姑娘朝他们扔过来。

三个人都被砸倒，再一次叠在了一起，上面还压了个碎布姑娘。巨人的咆哮声可怖至极，一时间他们担心他已冲破牢笼，可事实上这是不可能的。他们坐在路边，面面相觑，好一会儿才回过神来。发现已脱离危险，不由得一阵欢喜。

"我们成功啦！"稻草人兴奋地大喊起来，"我们又可以继续赶路啦。"

"尤普先生太粗鲁了，"碎布姑娘说，"他这一扔把我震得够呛，还好我的针脚缝得密，缝得牢固，要不然我的后背肯定要裂

开了。"

"请允许我为巨人辩解两句，"稻草人扶起碎布姑娘，又用塞满稻草的手替她掸了掸裙子上的灰尘，"我和尤普先生素不相识，可从他粗鲁的行为看来，他根本就算不上是个绅士。"

一听此话，多萝西和奥乔哈哈大笑起来，托托也叫了两声，仿佛听懂了这个笑话。笑过之后，大伙觉得心情放松了许多，便又精神抖擞地上路了。

"当然啦，"走了不多远，多萝西说道，"幸亏那巨人被关在了洞里，万一被他逃出来，他——他——"

　　"也许，如果那样的话，他就不会感到饿了。"奥乔一脸严肃地说。

第二十一章

冠军蹦跳人西普

要攀爬那么多的峭壁，真的需要非凡的勇气，因为走出那个峡谷后，大伙儿面前出现了更多的山崖。托托轻松地从一块岩石跳到另一块岩石，但其他几个不得不手脚并用，小心翼翼地攀爬着。就这样艰难地爬了一整天后，多萝西和奥乔都觉得身体要散架了。

大家抬头望着悬崖峭壁上的巨石。多萝西叹了一口气，说道：

"稻草人，一直这样无休止地爬山，真是太恐怖了。要是不费多

大的劲就能找到黑井的话，那该多好啊！"

"我看这样吧，"奥乔说，"你们在这儿等着，我一个人爬上去。为了找那黑井，我连累了大家。如果我找不到，再回来找你们。"

"不行，"小姑娘坚决地摇了摇头，回答说，"我们还是一起去，这样也好有个照应。你一个人去的话，出了事怎么办？"

于是，大家又开始往上爬，不一会儿便累得气喘吁吁。好在爬过几个峭壁后，他们发现脚下居然有一条小路，在巨石间蜿蜒前进，路面很平整，走起来一定很舒服。小路盘旋而下，他们决定顺着它继续走下去。

"这条路一定是通往蹦跳人国的。"稻草人说。

"谁是蹦跳人？"多萝西问。

"南瓜头杰克跟我说过，这里有一种蹦跳人。"他回答说。

"我没听他说过。"小姑娘回答说。

"是啊，他跟我说的时候你正在睡觉呢，"稻草人解释说，"可他告诉过我和碎布姑娘，这山里住着蹦跳人和有角人。"

"他说的是'山里'，"碎布姑娘解释说，"其实就是指'山上'。"

"他有没有说蹦跳人和有角人长什么样？"多萝西问。

"没有，他只是说他们是两个不同的种族，其中的有角人更

237

为重要些。"

"好吧，到了那儿就知道了，"小姑娘说，"可我从未听到奥兹玛说起过他们，可见他们也没那么重要。"

"这山是在奥兹国境内吗?"碎布姑娘问。

"当然是在奥兹国境内啦，"多萝西回答说，"这里是奎德林的南部。不管在哪个方向，只要来到奥兹国的边境，就什么都看不到。以前在奥兹国的四周边境上还能看到荒漠，现在可不一样了，外人看不到我们，我们也看不到外人。"

"既然这山在奥兹玛的管辖之内，她怎么会不知道蹦跳人和有角人呢?"奥乔问。

"嗨，这可是仙境啊，"多罗西解释说，"许多稀奇古怪的人都住在偏僻之地，因而翡翠城的人从来都没听说过他们。奥兹国的中部和边缘地区是大不相同的，若去边缘地区的话，你会惊讶地发现一些奇怪的角落。我之所以知道，是因为我到过奥兹国的许多地方，稻草人也是的。"

"说得没错，"稻草人应和着说，"我算得上是一位旅行家了。只要有空，我就会到没去过的地方探险。我发现出去走走可以增长很多见识，待在家里可是一无所获哦。"

说话间，他们已走过一段陡峭的山路，来到了半山腰。四周什么都看不见，小路两旁高大的岩石挡住了他们的视线。大家继

续沿着脚下曲曲折折的小路前行，走着走着，突然都停止了脚步，因为眼前已是无路可走，前面的山坡上横着一块巨石，彻底堵住了他们的去路。

"此路不再通向什么地方，看来前面不再有路了。"稻草人皱起眉头，深思起来。

"这里难道不算是个地方吗？"碎布姑娘问，见大伙儿一脸疑惑，不禁大笑起来。

道被堵，路被塞，
截在这里好茫然，
看看眼前真奇怪，
没有前门可敲响。

"好了好了，别再说了，碎布姑娘，"奥乔说，"你都说得我心里发毛了。"

"好吧，"多萝西说，"我也正好可以休息一下，那路真是陡得可怕。"

她边说边把身体靠在挡住他们去路的那块巨石上，令她吃惊的是，那巨石居然慢慢向后移开，露出一个黑乎乎的洞口，像是一个隧道口。

"呀，小路通到这里面去啦！"她大叫起来。

"没错，"稻草人应答道，"问题是，我们要不要进去呢？"

"这是一条地道，通往山里去的，"奥乔边说边往那洞里看去，"说不定这洞里有口井呢，如果真有的话，那就是黑井了呀。"

"哇，说得太对啦！"多萝西兴奋地大声说道，"我们进去吧，稻草人，如果有人进去过，我们进去一定也是安全的。"

托托看着洞口，不停地叫着，不敢进去。还是稻草人勇敢，第一个走了进去，碎布姑娘紧随其后，奥乔和多萝西也跟了进去。他们刚从巨石旁走过，那巨石便慢慢滚动起来，把那洞口重新堵住。可此时大伙儿并不是处在黑暗中，而是眼前出现一道柔和的玫瑰色亮光，凭着这亮光，他们能很清楚地看到四周的景物。

这只是一条通道，只能容两个人并肩行走——中间可以夹着托托——通道很高，顶部呈拱形。他们想找到带来满洞柔和光亮的光源，可就是找不到，因为通道中根本就没有一盏灯。通道开始部分是一小段直路，接着就往右拐，然后再往左拐，再往前就又是直路了。一路上没有出现岔路，所以他们不会迷路。

走了一段距离后，早已跑在前面的托托突然大声叫了起来。大伙儿跑着转过一个弯，想看看是怎么回事。只见有个人背靠石

壁坐在地上。看来他一直在睡觉，是托托的叫声把他吵醒了，现在正揉着眼睛，睡眼惺忪地盯着托托。

此人身上肯定有托托看不顺眼的地方。当他慢慢起身，站直身体时，才发现是怎么回事。原来他只有一条腿，他那圆墩墩、胖乎乎的身体就靠这条腿支撑着。那腿结实粗壮，下面的脚掌又大又平，使他站得四平八稳的。这单腿是天生的，看上去就像一个底座。托托扑上去想咬那人的脚踝，可那人东跳西蹦的，动作非常敏捷，不过也是大惊失色，狼狈的样子惹得碎布姑娘哈哈大笑起来。

托托本来是条很乖的狗，这回却红了眼，不停地抓咬那人的腿。那可怜的家伙惊恐万状，为了躲开托托，一个劲地东蹦西跳，冷不防失去平衡，一头栽倒在地，跌了个狗吃屎。他坐起身，对准托托就是一脚，正好踢在狗鼻子上，痛得托托汪汪直叫，更是暴跳如雷。多萝西见状跑了过来，抓住托托的项圈，把他拉住。

"你甘愿投降了吗？"她问那个人。

"你问谁？是问我吗？"蹦跳人问。

"对啊，就是你。"小姑娘说。

"我被逮住了吗？"他问。

"当然啦。我的狗狗逮住了你。"她说。

241

"那好吧，"那人回答说，"既然被逮住了，我就得投降了，这才合情合理嘛。我做事喜欢该怎么样就怎么样，这样可以省去许多麻烦。"

"本来就该如此的，"多萝西说，"请告诉我们，你是谁？"

"我是蹦跳人西普——冠军蹦跳人西普。"

"什么冠军？"她惊奇地问。

"摔跤冠军。我是个很强壮的人，被你亲密牵着的凶残家伙可是第一个打败我的。"

"你是蹦跳人？"她继续问道。

"是的。我的同胞就住在离这儿不远的一个大城市里。你想去看看吗？"

"我也不知道，"她显得犹疑不决，"你们城里有黑井吗？"

"我想没有。井倒是有的，但不是黑井，不过，有角人国可能有黑井，因为那里是光明世界中的一个黑暗地。"

"那有角人国在哪儿呢？"奥乔问。

"在山的那边。蹦跳人国和有角人国中间就隔开一道栅栏，栅栏上有一扇门，可眼下你们不能从那扇门过去，因为我们和有角人国正在打仗。"

"那太糟糕了，"稻草人说，"为什么要打仗呢？"

"嗨，有个有角人说了句侮辱我们的话，他说我们只有一条

腿，所以是傻瓜。我真是不明白，腿跟智力有什么关系呢？有角人都有两条腿，和你们一样。可在我看来，另一条腿完全是多余的。"

"不对，"多萝西说，"两条腿不多不少，正正好好。"

"根本就不用有两条腿，"蹦跳人坚定地争辩道，"一个人就一个头、一个身体、一个鼻子和一张嘴巴，为何要有两条腿呢？这样的话反而都不成人样了。"

"可是，就一条腿，你怎么走路呢？"奥乔问。

"走路？谁想要走路啊。"那个人说，"走路真是太笨拙了。我和我的同胞一样，都是跳着前行，这样比较惬意，比走路也要优雅多啦。"

"我不同意你的看法，"稻草人说，"不过，你能否告诉我，去有角人国，除了穿过蹦跳人的城市外，还有没有其他的路可走？"

"有啊。在山外的岩石低洼地里，有一条小路直通有角人国的城门。但这得绕过去，远着哪。所以你们还是跟我走吧，也许他们还会让你们走栅栏门呢。我们本来打算今天下午就征服他们。如果真能如此的话，你们就来去自由啦。"

大家觉得还是听蹦跳人的话为好，便让他前面带路。蹦跳人一奔一跳地走在前面，他的动作虽奇怪少见，速度却是飞快，即便是长有两条腿的几位，也不得不一路小跑，方能跟得上他。

第二十二章

爱开玩笑的有角人

没多久，大家便出了隧道，来到一个巨大的山洞中。山洞很高，洞顶上方就是山顶。洞内很是气派，柔和的光亮使洞里的一切清晰可见。四周的洞壁是抛光的大理石，白底彩纹，色泽优雅，洞顶呈拱形，精彩绝伦，煞是好看。

巨大的圆顶下面是一个景色秀丽的村庄——不是很大，就五十来户人家——房屋都是用大理石砌成的，设计颇有艺术感。房屋周围的院子里光滑

244

平整，没有花草树木，只有几堵矮墙分隔开各自的地界。

街上和各家的院子里有许多人，都只有一条腿，就在身体的下面，因而走起路来一蹦一跳的。即便如此，小孩子也能稳稳地站着，从来不会因为失去平衡而跌倒。

他们碰到了第一群有角人。其中一位有角人大声招呼道："你好，冠军！你抓到谁了吗？"

"谁都没抓到，"冠军沮丧地回答说，"倒是这些外地人把我给抓了。"

"那我们来救你，把他们抓起来。你看，我们有这么多人呢。"另一位这样说道。

"不行，"冠军回答说，"你们不能这么做。我已投降，既然投降了，再把人家抓起来，就非君子所为了。"

"你不用担心，"多萝西说，"我们会给你自由，把你放了的。"

"真的吗？"冠军喜出望外地问。

"是的，"小姑娘说，"你的同胞们也许需要你帮着一起去征服有角人呢。"

一听这话，在场的有角人都垂头丧气，一副难过的样子。这时，又有好几个人走了过来，男男女女，大人小孩。他们把这几个外地人围在中间，好奇地看着他们。

"与邻国打仗真是可怕，"一位妇女说道，"免不了会有人伤亡。"

"你这话是什么意思，太太？"稻草人问。

"我们的敌人有尖角，打仗时会用它们刺我们的士兵。"那妇女回答道。

"有角人长有几个角呢？"多萝西问。

"每个人长一个角，就在前额正中。"有人回答说。

"哦，如此说来，都是独角兽喽。"稻草人说。

"不，他们都是长角的人。他们的角很尖锐，我们一再忍让，实在是忍无可忍了，才跟他们开战的。这次受的侮辱实在是太大了，因而我们的勇士决定跟他们打上一仗，以雪耻辱。"那妇女说。

"你们的作战武器是什么呢？"稻草人问。

"我们没有武器，"冠军解释道，"每次跟有角人打起来的时候，我们的办法就是把他们推回去，因为我们的手臂比他们的长。"

"如此说来，你们的手臂就是战斗武器了？"碎布姑娘说。

"是的。不过，他们的尖角很可怕，一不小心就会被刺到，"冠军回答说，还不禁打了个寒战，"所以跟他们打战很危险。这可不是闹着玩的。"

"我总算听明白了，"稻草人说，"你们要打败有角人，可是有困难，除非我们能帮你们，才会有胜算。"

"噢！"蹦跳人齐声欢呼起来，"那你们会帮我们吗？请帮帮我们吧！我们一定会感激不尽的！若能得到你们的帮助，真的是

太好了!"听着他们的叫喊声,稻草人知道自己的话说出了他们的心声。

"这里离有角人国有多远呢?"他问。

"噢,就在栅栏的那边。"他们纷纷回答。

冠军接着说:"请跟我来,我带你们去看有角人。"

于是,大家跟随冠军和其他几个人穿过几条街道,出了村子,来到一道很高的栅栏前。栅栏是用大理石砌成的,把整个山洞分成了两个大小几乎相等的部分。

可是,有角人居住的那一半远远比不上蹦跳人的这一半。那里的墙壁和屋顶都不是大理石的,而是用深灰色的岩石砌成的,方方正正的房子用的也是这种材料。但从面积来看,有角人的城市比蹦跳人的大得多,街上人群熙熙攘攘,都在忙着各自的活。

通过栅栏的缝隙,我们的几位朋友朝有角人望去,可对方并没有察觉。有角人的长相真是奇特至极,身材矮小,就像孩子一般。体型圆圆的,像橡皮球,四肢特别的短,头颅也是圆圆的,耳朵又长又尖,额头中间长着一只象牙色的角,约莫六英寸长,样子虽不可怕,但角尖很锐利。怪不得蹦跳人如此害怕呢。

有角人的肤色是浅褐色,每个人身上都披一件雪白的长袍,下面光着脚丫子。多萝西觉得,他们身上最为奇特和引人瞩目的是他们的头发,共有三种颜色——红色、黄色和绿色。最外面一圈是红头发，直垂下来，有的甚至遮住了眼睛。里面一大圈是黄头发，中间头顶部分是绿头发，被束成一个髻，样子就像一把刷子。

没有一个有角人注意到有外地人在偷偷观察他们。看了一会后，大家来到栅栏正中的大门前。大门的两边都上了锁，门闩上挂着一个牌子，上面写着两个字：

宣战!

"我们可以过去吗？"多萝西问。

"目前还不行。"冠军回答说。

稻草人说："我觉得我不妨找那些有角人谈一谈，也许可以说服他们向你们道歉，这样的话就可以免去一场战争了。"

"你能在这边跟他们谈吗？"冠军问。

"这样不太方便，"稻草人说，"你们看，能不能把我从栅栏上扔过去？尽管栅栏很高，可我是很轻的哦。"

"我们可以试试看，"蹦跳人说，"我是我们中力气最大的一个，所以，我一人就能胜利这个任务，但我不敢保证你能双脚落地。"

"这个你不用担心，"稻草人说，"只管把我扔过去就可以了。"

于是，冠军抱起稻草人，在手中掂了下分量，又做了一下平衡，然后用尽全力，将他高高扔了出去。

如果稻草人足够重的话，就可以被轻而易举地扔过去了，而且还会扔得很远。可是，他的身子轻飘飘的，不但没有越过栅栏，还落在了栅栏的顶上，结果，后背中央正好扎在了一根尖桩上，使他动弹不得。如果是脸朝下，他还能设法脱身，可偏偏又是脸朝天。他就这样被牢牢地钉在那里，在有角人国的空中手舞足蹈。

"你伤着没有啊？"碎布姑娘焦急地大声问道。

"当然不会啦，"多萝西说，"但他再这样使劲扭动的话，衣服就要被撕破啦。冠军先生，我们怎样才能把他弄下来呢？"

冠军摇了摇头。

"我也没办法，"他说，"如果他能像吓跑乌鸦一样使有角人害怕的话，把他留在那里也不失为是个好办法。"

"这样太糟糕了，"奥乔说，几乎要哭了，"都是因为我这个不幸儿奥乔，每一个帮助我的人都会遭殃。"

"能有人帮助你，这才是幸运呢，"多萝西说，"你不用担心，我们会有办法救他的。"

"我有一个好主意，"碎布姑娘说，"这样，冠军先生，你把我扔到稻草人那里，我跟他差不多重。到了栅栏顶上，我就把他从尖桩上拔下来，然后再扔给你们。"

"好吧。"冠军回答说。他一把抓起碎布姑娘，像扔稻草人一样把她扔了出去。然而，冠军这一次用的力肯定是太猛了，因为碎布姑娘并没抓住稻草人，而是从栅栏顶部飘过，摔在了有角人国的地面上，不仅如此，她那鼓鼓的身体还撞翻了两个男人和一个女人，旁边一群有角人见状后，都吓得逃之夭夭。

那些人定下神来后，发现她并无恶意，便又慢慢回来，将她围住，惊奇地打量着她。其中一位的头上带着一颗星状宝石，宝石下面就是他的尖角。看样子此人是位大人物，因为其他人都对他毕恭毕敬。只见那人他站出来，代表大家问道：

"陌生人，你是谁？"

"我叫碎布姑娘。"她一边回答，一边从地上爬起来，顺手拍了下身上已经隆起的部位。

"你打哪儿来？"他继续问道。

"从栅栏那边来。真是愚蠢。除了那边，我还能从哪儿来

呀?"她回答说。

那人若有所思地看着她。

"你不是蹦跳人，"他说，"因为你有两条腿。尽管不好看，可也有两条。还有那个在栅栏顶上的奇怪家伙——他为何不停地手舞足蹈呢？——他一定是你的兄弟，或者是父亲，也或者是儿子，因为他也有两条腿。"

"你肯定是聪明驴子的得意门生。"碎布姑娘一边说，一边笑得前仰后合。一旁的人受到她的感染，也跟着笑了起来。"噢，对了，如何称呼你呢？首领——还是国王——"

"我是有角人的酋长，我叫杰克。"

"噢，有角人小杰克，失敬失敬。我从栅栏那边飞过来，就是想跟你们谈谈蹦跳人的事。"

"蹦跳人怎么啦?"酋长皱着眉头问道。

"你们侮辱了他们，所以你们最好向他们道个歉，"碎布姑娘说，"不然的话，他们会蹦过来，把你们全灭了。"

"我们可不怕——那栅栏上的门锁着呢，"酋长说，"再说了，我们并没有侮辱他们。我们中有个人开了个玩笑，是那些愚蠢的蹦跳人听不懂而已。"

酋长说话的时候脸上带着微笑，那笑容使他显得非常有趣。

"说说看，开了什么玩笑呢?"碎布姑娘问。

"有个有角人说，蹦跳人的智力比我们差，因为他们只有一条腿。哈哈！你听懂其中的奥妙了吗？你能站着，靠的就是腿的支力，那——哈哈哈！——那你的腿就是你的支力，多一条腿就多一份支力（智力）。嘻嘻嘻！哈哈！多妙的玩笑啊。可是愚蠢的蹦跳人居然听不懂！他们不明白，少一条腿就少一份支力（智力），多一条腿就多一份支力（智力）。哈哈哈！嘻嘻！呵呵！"酋长笑得眼泪都出来了，他用长袍的下摆擦了下眼睛，其他的有角人也纷纷用长袍擦眼睛。听到这么个滑稽的笑话，个个都是捧腹大笑。

"这么说来，"碎布姑娘说，"因为他们不理解你们所说的支力（智力）的意思，才引起了这场误会？"

"没错，所以我们没有必要向他们道歉。"酋长回答说。

"道歉也许不必了，但去解释一下总是可以的吧？"碎布姑娘说，"你总不会想打战吧？"

"能不打当然是最好了，"有角人杰克承认道，"可问题是，由谁去向蹦跳人解释呢？你知道的，一经解释，笑话就没有意义了，何况这是我听过的最有趣的笑话。"

"这笑话是谁想出来的？"碎布姑娘问。

"有角人迪克塞，他现在正在矿下干活，不久就要回来了。要不我们等一会儿，跟他说一下此事？这是他的发明创造，说不定愿意去跟蹦跳人解释呢。"

"好吧，"碎布姑娘说，"如果时间不长的话，我就等他一会儿吧。"

"不长，不长，他很矮的，还没有我高呢。哈哈哈！你看！我的这个笑话比迪克塞的还高明吧。他不会长的，因为他是个矮子。嘻嘻，哈哈！"

听到这里，一旁的其他有角人哄堂大笑起来，似乎跟他们的酋长一样，也很喜欢这个笑话中的双关语。见他们那么容易被逗乐，碎布姑娘觉得很好奇，但再一想，总是这样开怀大笑的人，应该不会心存恶意的。

第二十三章

重获和平

"跟我去我家吧，我想把你介绍给我的几个女儿，"酋长说，"我们是根据一位老学究写的《金科玉律全书》培养她们的。大家都说我的女儿们很出色。"

于是，碎布姑娘随着他走过一条街道，来到一所外表看上去很是灰暗肮脏的房子前。碎布姑娘一路上发现，城里所有的街道都没铺路面，住宅和周围的环境也没有被修整和美化过，可是，当酋长领着她踏

进他的家门时，碎布姑娘大吃了一惊。

没有什么肮脏不堪的东西，映入眼帘的是那么的灿烂炫目，美轮美奂。整个屋子的装潢都是一种精美的金属，半透明的，泛着银色的哑光。金属的表面还有格调高雅的浮雕图案，有人物鸟兽，花草树木。金属放射出一种柔光，使满屋生辉。所有的家具也是用这种辉煌亮丽的金属打制的。碎布姑娘问这是什么材料。

"这是镭，"酋长回答说，"这山下有镭，我们有角人的时间就花在开采镭上了。我们用这种金属装修房子，把家布置得既漂亮又舒服。这镭还是一种药，住在镭的附近是不会生病的。"

"你们有很多镭吗？"碎布姑娘问。

"多得用也用不完。这城里所有的房子都是用镭装修的，就和我家一样。"

"那你们为何不用镭来装点街道和房屋外面的东西呢？这样可以和家里一样漂亮啊。"她问道。

"外面的东西？谁会注重外面的东西呢？"酋长问，"我们有角人又不住在外面，我们是住在房屋里面的。许多人就像蹦跳人一样傻里傻气，喜欢装门面。你们外地人一定觉得蹦跳人的城市比我们的漂亮，因为你只看他们的外表。他们的房子是大理石的，街道也是大理石的，可是，一旦你走进他们的住所，就会发现里面单调无味，什么都没有，一点都不温馨，因为他们把心思都花在表面了。他们的想法是，别人看不到的东西就是不重要的。可我们关注的是内在，是我们屋子的内部，而不是外面的排场。"

碎布姑娘沉思了一下，说道："以我之见，最好是里面外面都很漂亮。"

"以你之线（见）？噢，你本来就是用线缝接起来的嘛，我的姑娘！"酋长又说出了一个新的双关语，开心地大笑起来。周围的有角人也随即嘻嘻哈哈地迎合起来。

碎布姑娘转过身，发现靠墙的一把镭椅里，坐着一排女孩，逐个一数，竟然有十九位，个子和年龄大小不一，从小不点的小女孩到已长大成人的大姑娘，个个身穿雪白的长袍，褐色的皮肤，额头上长着一只角，头发有三种颜色。

酋长说："她们就是我心爱的女儿。宝贝们，我给你们介绍一下，这位是碎布姑娘小姐，为了增长学识，正在异国他乡游历。"

十九位有角姑娘一起站起来，礼貌地行了个屈膝礼，然后坐下，整了整各自的长袍。

"她们为何这样一动不动地坐着，而且还坐成一排？"碎布姑娘问。

"因为这样才显得贤淑高贵，合乎体统。"酋长回答说。

"可其中几位还只是孩子啊，可怜的小东西！难道她们不曾四处跑动，嬉笑玩耍，享受过美好的时光吗？"

"确实没有，"酋长说，"对年轻小姐来说，那样做就是不守规矩，即便是小姑娘也是如此。我就是按照一位老学究定下的金科玉律来培养我的女儿们的。这位老学究对这一课题做了很多的研究，他自己也是一位很有品位、极其儒雅的人，总是那么彬彬有礼。他说，如果孩子从小不加以管教，任其粗鲁无礼，长大后一定不成器。"

"玩耍、喧闹，使自己快乐就是粗鲁无礼吗？"碎布姑娘问。

"这个嘛，有时候是，有时候不是，"有角人略加思索后说，"给我的女儿们立下些规矩至少是安全可靠的。我偶尔也会说个笑话，就像你听到的那样，允许她们笑一笑，但不能有失端庄稳重。当然，她们自己是不允许说笑话的。"

"那位定下这些所谓的金科玉律的老学究真该活剥了他的皮！"碎布姑娘愤愤地说。就在她就这一问题想继续说下去的时候，门开了，进来一位矮小的有角男人，酋长介绍说他就是迪克塞。

"什么事，酋长？"迪克塞问，同时对那十九位女孩使了十九个眼色，可她们都故作庄重地垂下眼睑，因为她们的父亲正在一旁看着呢。

酋长告诉那个有角人，他的那个双关语玩笑激怒了愚钝的蹦跳人。因为他们听不懂，以为是受到了侮辱，因而已向有角人宣战。所以，要想避免这次可怕的战争，唯一的办法就是向他们解释清楚这双关语的含义。

"好吧，"迪克塞看上去是个很敦厚的人，"我马上就去栅栏那儿，跟他们解释清楚。我可不想跟蹦跳人打什么仗，一打仗，两国的老百姓彼此就产生敌意了。"

于是，酋长、迪克塞和碎布姑娘离开酋长的家，回到了大理石栅栏那里。稻草人还被叉在尖桩顶上，不过已经不再挣扎了。栅栏那边是多萝西和奥乔，正通过尖桩的缝隙朝这边张望，旁边还有冠军和许多其他的蹦跳人。

迪克塞来到栅栏旁，说道：

"善良的蹦跳人，你们好！我想向你们解释一下，我之前说的只是个笑话。你们每个人只有一条腿，而我们有两条腿，不管是一条腿还是两条腿，腿总是支撑着我们。所以，我说你们智力（支力）不如我们，不是说你们比我们笨，听懂了吗？而是说少一条腿就少一份支力。听明白了没有？"

那些蹦跳人仔细琢磨了一会儿，其中一人说道：

"你解释得够清楚了，不过这有什么好笑的呢？"

多萝西忍不住大笑起来，尽管周围的人仍然是一脸的严肃。

"我来告诉你们为什么这么好笑。"她说着，把那些蹦跳人带到一旁，免得被有角人听到。"你们知道，"她解释道，"你们的那些邻居一点都不聪明，真是挺可怜的。他们觉得好笑的，其实一点都不好笑——这是真的，你们没看出来吗？"

"如此说来，他们能明白的东西我们还真的明白不了了？"冠军问。

"是的，真是如此。他们的笑话太蹩脚了，你们当然不能明白了。如果你们能跟他们一样欣赏的话，不就表明你们跟他们一样笨了吗？"

"啊，是的，说得没错。"他们回答说，一副自作聪明的样子。

"所以你们听我的，"多萝西继续说道，"以后听了他们的蹩脚笑话后你们也要哈哈大笑，并且对他们说，有角人能讲出这样的笑话，真是太了不起了。这样的话，他们就不敢说你们笨了，因为他们理解的事情，你们也能理解。"

蹦跳人疑惑地你看看我，我看看你，又眨巴眨巴眼睛，想着这到底是什么意思，可想了半天也没想出个名堂来。

"你是怎么想的，冠军？"其中一位问道。

"我觉得这事没什么好想的，多想了反而不安全，"他回答说，"我们就按这位姑娘说的去做，和有角人一起笑，让他们相信我们能听懂他们的笑话。这样，大家又能和平相处，不会有战争了。"

他们欣然同意，重新回到栅栏旁，尽量放声大笑，尽管心里一点都不觉得好笑。有角人见状，着实大吃了一惊。

"这真是个有趣的笑话——有角人真是太了不起了——我们听了都觉得好笑，"冠军在两个尖桩之间说道，"但以后请不要再说了。"

"我不说了，"迪克塞保证道，"我会想别的有趣的事，这一个我以后不再说了。"

"好！"酋长大声说道，"我宣布战争结束，和平再次到来。"

栅栏两边发出开心的欢呼声，门上的锁被打开，门也被敞开，碎布姑娘回到了朋友们的身边。

"稻草人怎么样啦？"她问多萝西。

"我们必须想办法把他弄下来。"多萝西回答说。

"或许有角人能有办法。"奥乔建议道。于是，他们来到栅栏的另一边，多萝西问酋长怎样才能把稻草人从栅栏顶上弄下来，酋长也是一筹莫展，只听一旁的迪克塞说：

"一把梯子就能解决问题啦。"

"你们有梯子吗？"多萝西问。

"当然有啦，我们挖矿时就要用到梯子的。"话音刚落，他便跑开拿梯子去了。他不在的时候，几个有角人围过来，欢迎这几位外地人来到他们的国家，因为多亏了他们，才免去了一场战争。

不多一会儿，迪克塞扛着一把长梯子回来了。他把梯子靠在栅栏上，奥乔立刻爬到梯子顶部，多萝西爬在梯子中部，碎布姑娘则守在梯子底部。小狗托托绕着梯子跑来跑去，不停地叫着。奥乔把稻草人从尖桩上拔下来，然后传给下面的多萝西，多萝西又把他传给最下面的碎布姑娘。

双脚刚站在坚实的地面上，稻草人便说道：

"真是太感谢各位了。这下可好了，再也不用叉在尖桩上了。"

有角人觉得很是滑稽，哈哈大笑了起来。稻草人抖了抖身子，又拍打了一下身上的稻草，对多萝西说："你帮我看看，我后背上是否有个大窟窿？"

小姑娘仔细地查看起来。

"是有一个很大的窟窿，"她说，"不过我的背包中有针线，我会帮你缝好的。"

"麻烦你一定帮我缝一下。"他恳求道。有角人再次大笑起来，弄得稻草人很是恼怒。

趁多萝西替稻草人缝补后背时，碎布姑娘查看着他其他的部位。

"他的一条腿上也有一个口子！"她大声说道。

"哎哟！"小个子迪克塞大叫起来，"那可糟糕啦。赶紧给他针线，让他将功补过。"

"哈哈哈！"酋长大笑起来，其他有角人也立刻哄堂大笑起来。

"这有什么好笑的？"稻草人严厉地问。

"这你都不明白吗？"迪克塞问，他比别人笑得更厉害，"这是一个笑话。毫无疑问，这是我说过的最有趣的笑话了。你不是要补裤腿吗？那就让你将功补过（裤）呗。哈哈哈！嘻嘻！想不到我能说出如此有趣的笑话来！"

"真是太妙啦！"酋长随身附和道，"你是怎么想到的，迪克塞？"

"我也不知道，"迪克塞谦虚地说，"也许是因为镭吧，可我觉得还是因为我的脑袋瓜聪明。"

"你们再不住嘴的话，"稻草人对他说道，"恐怕要挑起另一场更糟糕的战争啦。"

奥乔一直心事重重。他问酋长："你们国内哪里有黑井啊？"

"黑井？从没听说过。"对方回答说。

"不，有的，有的，"迪克塞说道，他无意中听到了奥乔的问话，"我的镭矿中就有一口很黑的井。"

"那井里有水吗？"奥乔急切地问。

"这倒说不准，因为我从未检查过。不过我们去看一下不就知道了吗？"

于是，他们决定，等稻草人的衣服补好，就随迪克塞去他的镭矿。多萝西把稻草人上下拍了几下，使他恢复人形。稻草人说自己的精神又振作了起来，可以跟大伙儿一起去探险了。

"不过，"他说，"被叉在尖桩上站岗的差使可不能再派给我了。我这样的身子骨不适合上流社会的高雅生活。"说完，大伙儿匆匆离去，以避开有角人的阵阵笑声，因为他们觉得这也是个很妙的笑话。

第二十四章

奥乔找到了黑井

大家穿过有角人的城市，随迪克塞来到大山洞的尽头，那儿有几个黑乎乎的圆洞口，倾斜地通往地底下。迪克塞来到一个洞口前，说道：

"这个矿洞里就有你们要找的黑井。你们跟着我，小心脚下，我带你们过去。"

他第一个进了矿洞，奥乔紧随其后，然后是多萝西，多萝西后面是稻草人，碎布姑娘殿后。至于托托嘛，它总是紧跟在小主人的身边。

　　离开洞口后没走几步，洞里便是漆黑一片。"你们不会迷路的，"有角人说，"因为只有一条通道。这矿是我的，这里的每一步我都了如指掌。难道这不是一个精彩的笑话吗，嗯？我矿我逛。"说完便轻轻地笑起来，一个人自得其乐。其他人一声不响地跟在后面，沿着陡峭的坡度往深处走去。坑道的高度勉强可以直立着走路。由于稻草人比其他人略高一点，他不得不时常低着头，以免撞到坑道顶部。

　　由于无数次的走动，坑道表面很难行走，已被磨得跟玻璃一样光滑。很快，落在后面的碎布姑娘滑了一跤，一头栽倒下去，身体就势迅速下滑，速度之快，力度之大，一下就把前面的稻草人撞翻了。稻草人摔倒在多萝西的身上，多萝西又把奥乔绊倒，奥乔再撞到有角人身上。就这样，他们几个乱成一团，一股脑儿地顺着斜坡滚落下去。四周黑咕隆咚的，谁也不知道滚到了哪里。

　　幸运的是，最前面的是稻草人和碎布姑娘，当他们滚落到矿底时，其他几个都撞在了他们身上，因而没人受伤。回过神后，他们发现落在了一个很大的洞穴里，松松垮垮的岩石之间，满是星星点点、散发着暗淡光亮的镭颗粒。

　　等大伙儿重新站起身后，有角人说："现在，让我来告诉你们黑井在哪里。这个地方很大，但只要跟紧了，是不会迷路的。"

　　大家手牵着手，在有角人的带领下，来到了一个黑暗的角落里。

　　"当心了，"他提醒道，"黑井就在你们脚边。"

　　"知道了，"奥乔回答说。他跪在井边，把手伸进黑井里，开始摸索起来，发现里面有很多的水，"多萝西，金瓶在哪里？"他问，小姑娘把随身带来的金瓶递了过去。

　　奥乔再次跪下，在黑暗中小心地摸索着，把看不见的水灌进金瓶里，然后拧紧瓶盖，将那无比珍贵的水放入自己的口袋中。

　　"大功告成！"他愉快地说道，"我们可以凯旋了。"

　　他们回到坑道口，顺着坡度小心谨慎地往上爬。这一次他们让碎布姑娘殿后，因为怕她再次滑倒。可这一次很顺利，大伙儿都安全地爬出了洞口。身处有角人的城中，我们的芒奇金男孩很是开心，因为他和朋友们千辛万苦从黑井里得来的水，现在已非常安全地装在了自己的口袋中。

第二十五章

贿赂懒惰的奎德林人

离开蹦跳人和有角人住的洞穴后，大伙来到了一条山路上。多萝西说："我觉得我们现在应该找一条通往温基国的路，因为那里是奥乔要去的下一站。"

"有这样一条路吗？"稻草人问。

"我不知道，"她回答说，"我想，我们可以沿来时的路往回走，先到南瓜头杰克家里，然后再取道去温基国。可这似乎是兜了一个大圈子，是

不是?”

"是的,"稻草人说,"奥乔接下来必须拿到什么呢?"

"一只黄蝴蝶。"芒奇金男孩回答说。

"那就是去温基国没错了,因为它是奥兹国的黄色世界,"多萝西说,"我想啊,稻草人,我们应该带奥乔去见铁皮樵夫,因为他是温基国的国王,一定会帮我们寻找奥乔需要的东西的。"

"很好呀,"稻草人听后喜形于色,"铁皮樵夫是我最好的朋友,只要我们开口,他一定会鼎力相助的。我觉得,我们不必兜圈子,可以抄近路,这样可以提前一天到达他的城堡。"

"我也是这么想的,"小姑娘说,"那样的话,我们就得往左边走了。"

他们必须走到山下,才能找到一条通往他们要去的那个方向的小路。可当他们来到山脚下时,只在乱石岗里看到一条似有似无的小径。大伙沿着小径走了两三个小时,最后来到一片开阔的平原上。远处有几户农庄,还有稀稀落落的几所房屋。可他们知道,这里还是奎德林的地界,因为眼前的一切还都是红色的。当然不是说草木是红色的,而是栅栏和房屋都被漆成了红色。路边盛开的野花也是红色的。这一带尽管是奎德林的偏远地区,可看上去比较安宁富裕。到了这里,他们走的那条路也更加清晰更加好走了。

就在他们暗自庆幸的时候，眼前出现了一条大河，河水湍急，堤岸高陡。路到了这里就断了，河面上也没有什么桥可以通过。

"这就怪了，"多萝西觉得很诧异，望着河水出神，"既然有条河挡住了去路，为什么这里还会有路呢？"

"汪汪！"托托大声叫了起来，真挚地盯着她的脸。

"这是给你的最佳答案，"稻草人说，脸上露出滑稽的笑容，"除了托托，还有谁比它更认路的呢？"

碎布姑娘说：

> 我每次看到河流，
> 就会心惊胆战，瑟瑟发抖，
> 因为我心中十分明白
> 河水可以将你全身湿透。
> 这可不是闹着玩的；
> 所以我决不下河游泳
> 除非那河水干涸。

"你就安静点儿吧，碎布姑娘，"奥乔说，"你又发什么疯啊。没有人想从河里游过去。"

"是的，"多萝西说，"我们就是想游也是游不过去的。这河这么宽大，水流又是这么急。"

"这里应该有条渡船就好了，"稻草人说，"可连个人影儿都看不见啊。"

"我们不能做个筏吗？"奥乔建议道。

"可没有做筏的材料啊。"多萝西回答说。

"汪汪！"托托又叫了起来，多萝西见它正望着远处的堤岸。

"哇，它看到那边有所房子呢！"小姑娘大声叫喊起来，"我们怎么就没发现呢？过去看看，问问他们怎样才能过河。"

前方四分之一英里的河岸上有一间圆形小屋，被漆成了鲜红色。大伙儿发现跟他们在同一岸边，便迅速跑了过去。一位穿红色衣服的矮胖男子出来跟大家打招呼，身旁还有两个孩子，也是一袭的红色衣服。男子瞪着吃惊的大眼睛，打量着稻草人和碎布姑娘，那两个怕生的孩子躲在他身后，胆怯地看着托托。

"我的朋友，请问你就住在这里吗？"稻草人问。

"我想是吧，法术无边的巫师先生，"那个奎德林人说着深深地鞠了个躬，"不过，我到底是醒着还是在做梦，我自己也说不准，所以我也不知道自己住在哪里。如果你能帮个忙，掐我一下，我就可以知道了。"

"你醒着呢，"多萝西说，"这位也不是巫师，他叫稻草人。"

"可他是活的，"男子争辩道，"稻草人怎么会是活的呢？还有那位丑八怪——那位用碎布片拼成的姑娘——她好像也是活的。"

"说得一点没错，"碎布姑娘说道，还冲那男子做了个鬼脸，"可这跟你有何相干呢？"

"我觉得很奇怪，难道这也不行吗？"男子懦弱地问。

"这个我不知道。可不管怎么说，你不该骂我是丑八怪。这位稻草人是个很有见识的人，他就认为我很美。"碎布姑娘反驳道。

"得了，得了，别再说这些了，"多萝西出来打圆场，"善良的奎德林人，请告诉我们，我们怎样才能过河呢？"

"我不知道。"奎德林人回答说。

"你从来没有去过对岸吗？"小姑娘问。

"从来没有。"

"也没见过有人去过对岸吗？"

"没见过。"他说。

听他这么一说，大家很是惊讶。那人又接着道："这河很宽，水流又急。我知道对岸住着一个人，因为这么多年来我看见他一直在那儿。尽管如此，我们可从未说过话，因为我们谁都没有渡过这条河。"

"这就奇怪了，"稻草人说，"难道你没有船吗？"

那人摇了摇头。

"也没有筏子？"

"没有。"

"这河是流向哪里的呢？"多萝西问。

"那边，"那人用手一指，回答道，"流向温基国，那里归铁皮国王管。他肯定是个法力无边的巫师，因为他浑身上下都是用铁皮做成的，而且也是活的。经过温基国后，这河再流向那里，"他用另一只手指着说，"那里有两座山，河就在中间流过。山里住着凶神恶煞般的人。"

稻草人看着面前的河水。

"水流朝温基国方向而去，"他说，"所以，只要我们有一条船，或一个筏子，河水就可以把我们漂到温基国，这比我们自己走着去要快多了，也省力多了。"

"没错。"多萝西赞成道。大伙开始动脑筋，看看有什么好办法。

"要不让他帮我们做个筏子？"奥乔问。

"你愿意吗？"多萝西转向那个奎德林人，问道。

那胖子晃了晃脑袋。

"我是个懒汉，"他说，"我老婆说我是全奥兹国最懒的一个，她说的可是实话。我讨厌干活，做一个筷子可不是件容易的事。"

"我把我的绿宝石戒指给你。"小姑娘许诺道。

"不要，我才不在乎绿宝石呢，我最喜欢的是红宝石。如果是红宝石的话，我或许可以考虑一下。"

"我有一些美餐片，"稻草人说，"吃一片就等于喝了一碗汤，吃了一盘煎鱼、一个羊肉煎饼、一盘龙虾色拉、一个奶油布丁和一个柠檬果冻——所有这些都被浓缩成小小的一片，你一口吞下去就可以了，真的是不费吹灰之力。"

"有那么简单吗?"奎德林人来了兴趣，大声问道，"这么说来，这种美餐片最适合懒汉了。吃东西还得嚼，多费劲啊。"

"如果你帮我们做一个筷子，我就给你六片，"稻草人许诺道，"里面可包含着许多食物成分，吃一日三餐的人都很喜欢它。你知道的，我是稻草人，从来不吃东西，可我的一些朋友们经常吃这美餐片。你看如何，奎德林人?"

"我干了，"那人坚定地说，"我只是帮忙，活主要还是你们自己干。我老婆今天捕红鳗去了，所以你们得有人替我照看孩子。"

碎布姑娘答应替他照看孩子。她坐下来跟孩子们一起玩，不多一会儿，他们不再那么怕生了，还渐渐喜欢上了小狗托托。托托很是驯服，任他们抚摸自己的脑袋。孩子们玩得很是开心。

屋子周围有很多倒下的树，奎德林人拿出斧子，把那些树砍成长短一样的圆木，又用他老婆的晾衣绳把这些圆木绑在一起，做成一个筏子。奥乔找来一些木条，把它们钉在木筏两端，这样就更为牢固。稻草人和多萝西帮着把圆木滚到一起，又把木条搬过来。他们就这样忙碌了很长时间，木筏做好的时候，天色已黑，这时候，奎德林的老婆也捕鱼回来了。

　　那女人看上很生气，脾气也挺大，可能是因为她忙乎了一整天只捕到一条红鳗的缘故吧。当她发现自己的晾衣绳、想用来当柴火的木材、准备修理棚屋的木板条以及许多金钉子都被丈夫用光时，便大发雷霆。碎布姑娘正想上前抓住她，对她一阵猛摇，不许她如此撒泼，却被多萝西制止了。多萝西温和地告诉那女人，自己是奥兹国的公主，也是女王奥兹玛的朋友，等她回到翡翠城后，一定派人送来很多东西，作为做木筏的回报，当然还会赔给她一根全新的晾衣绳。一听这些许诺，那女人立马转怒为喜，还邀请他们留在她家过夜，第二天一早再乘木筏启程。

　　他们答应了，在这位奎德林人的家里度过了一个愉快的夜晚。这家人虽然贫寒，但还是极尽所能地款待客人。那男子不停地哼哼唧唧，说自己砍木头累坏了。稻草人见状，便多给了他两片美餐片，那懒汉马上显得心满意足。

第二十六章

捣乱的河流

第二天早上，大伙把木筏推入河中。河水流得很急，要不是奎德林男人死死抓住木筏，没等大家全部登上去，木筏早就漂走了。等大家坐定下来，奎德林男人一松手，木筏便随着水流漂离而去，我们的冒险家们就这样开始了去温基国的旅程。

他们的"再见"声还没喊出口，奎德林人家的小房子早已不见了踪影。稻草人高兴地说："照这样的速度，要不了多久我们就能到达温基国了。"

他们顺着水流漂了好几英里，正在兴高采烈之时，木筏突然减速，最后完全停止，然后又向原路返回。

"哎呀，怎么回事啊？"多萝西吃惊地问。其他的人跟她一样疑惑，谁都没有应声。不过，大家很快便明白过来，原来是水流倒了过来，正在朝相反的方向——朝山的方向流去。

慢慢地，他们认出了两岸刚才看到过的景色。不一会儿，眼前又出现了奎德林人家的小房子。那男子正站在岸上，见他们过来，便大声喊道：

"你们好啊！很高兴又跟你们见面了。我忘了告诉你们，这河水会不时地改变方向，一会朝这边流，一会又朝那边流。"

没等大家开口回答，那木筏转眼间已从他家门前漂过，很快就消失不见了。

"这样下去离我们要去的地方只会越漂越远，"多萝西说，"必须想个办法上岸，不能这样继续下去。"

可是，他们根本没法上岸。他们没有划桨，甚至连竹竿都没有，根本驾驭不了木筏，因而只能任由它在激流中带着他们顺流漂去。

大家坐在木筏上，静静地等待着。就在他们束手无策的时候，木筏的速度突然慢了下来，最后停止，然后朝相反的方向漂去——又恢复了原来的方向。不多一会儿，他们再次从奎德林人的家门前经过，只见他仍然站在河岸上。见他们漂过来，他便大声叫喊起来：

"你们好啊！很高兴再次见到你们。你们这样来来回回的，我想我还会见到你们许多次，除非你们自己游到岸上去。"

他的话还没说完，木筏早已把他甩在了后面，载着大家朝温基国漂去。

"真是倒霉透了，"奥乔沮丧地说，"这捣乱的河流不停地改变方向，害得我们在木筏上漂来漂去。看来必须想办法上岸去。"

"你会游泳吗？"多萝西问。

"不会，我是不幸儿奥乔。"

"我也不会，托托会一点儿，但帮不上什么忙。"

"我不知道自己会不会游泳，"碎布姑娘说，"但我肯定，只要一下水，我这身漂亮的衣服就会彻底完蛋。"

"我的稻草不经泡，泡久了会沉下去的。"稻草人说。

这也不行，那也不行，大家一筹莫展，只能无助地坐在那里。奥乔坐在木筏头上，两眼望着水中，隐隐约约看到一些大鱼在木筏周围游来游去，还看到了一大段晾衣绳。于是，他从口袋中掏出一个金钉子，把它弯成一个鱼钩，系在绳子头上，又掰下一点面包，扎在钩子上当诱饵。钩子刚被扔进水里，就被一条大鱼咬住。

大伙猜测这是一条很大的鱼。由于受到惊吓，又是天生的游泳能手，加上第一口咬住钩子时便贪婪地往肚子里吞咽，因而它死死地咬住绳子，拖着木筏一个劲地往前游，速度甚至比水流还快。

木筏漂到第一次水流改变方向的地方时，并没有停下来，只是减缓了速度，因为那鱼儿还在拼命地拖着它向前游动，继续朝原来的方向漂去。

"希望那鱼儿不要停下来，"奥乔焦急地说，"如果能坚持到水流再次改变方向，我们就没事啦。"

鱼儿真的没有停下来，还是拖着木筏，勇敢地向前游去。终于，水流又改变了方向，木筏载着他们朝既定的方向漂去。渐渐地，那鱼儿发现自己体力不支，为了找个庇护之处，它开始拖着木筏朝岸边游去。可大家不想在这个地方上岸，于是，奥乔用水果刀割断绳子，放走了鱼儿。因为处理及时，木筏并没在此搁浅。

水流再次倒流时，稻草人迅速抓住突出在水面的一根树枝，大家纷纷助他一臂之力，死死拽住树枝，不让木筏随波逐流。就这样僵持着的时候，奥乔发现岸上有一根长长的断树枝。他跳上岸，捡起树枝，去掉上面的枝枝叉叉，做成一根篙子。遇到紧急情况时，便可派上用场啦。

大家拽住水面上的树枝，直到水流恢复正常才松开手。木筏继续顺流而下。尽管期间停停行行了许多次，但前行的速度还真不小，离温基国越来越近了。找到了对付逆流的办法，大伙儿的情绪为之一振。不过，由于两边高高的堤岸，他们几乎看不到岸上的景象，河面上也没有遇见过任何船只或木筏。

　　捣乱的水流又改变方向了，但这一次稻草人早有了防备。他用篙子把木筏撑到水中的一块大礁石旁，因为他认为礁石能挡住水流，木筏就不会随流而去，结果还真是如此。他们就这样紧挨着那快礁石，直到水流又恢复正常，才让木筏再次顺水漂去。

　　拐过一个弯，眼前出现一道很高的堤坝，将河流一截为二。木筏还在继续前进，他们又没法让它停止，只能眼睁睁地看着它撞向堤坝。大家死死抓住筏子，任凭水流带着他们向前冲去。木筏飞将起来，跃上堤坝，又随水流一头栽下，滑落到堤坝的另一边，水花四溅，他们个个都成了落汤鸡。

　　木筏恢复平静，继续向前漂去。多萝西和奥乔看到大家的狼狈样，开始打趣起来。碎布姑娘却很沮丧，稻草人赶忙掏出自己的手帕，殷勤地替她擦去碎布片上的水。太阳很快晒干了她的身体，碎布片的颜色也经受住了考验，因为它们既没有糊成一片，也没有一丁点儿的褪色。

　　过了堤坝后，水流再也没有改向或倒流，而是带着他们继续

稳稳地漂向前方。河两岸的堤岸也渐渐低下来，大伙儿终于能看到两岸更多的景象了。很快，他们看到了绿草丛中黄色的金凤花和蒲公英，这表明，他们已经来到了温基国。

"你看，我们是不是该上岸了？"多萝西问稻草人。

"快了，"稻草人回答说，"铁皮樵夫的城堡在温基国的南部，离这儿并不远。"

多萝西和奥乔怕木筏漂过头，便站起身，把稻草人高高举起，好让他看清楚这一带的情况。开始时，他并没有看到熟悉的标志，但不一会儿，他终于大叫了起来：

"看到啦！看到啦！"

"看到什么啦？"多萝西问。

"铁皮樵夫的城堡啊。我可以看到在阳光下闪闪发光的城堡塔楼啦。尽管离这儿还有一段距离，但我们还是尽快上岸吧。"

他们把他放下后，开始用篙子把木筏撑向岸边。由于水流缓了很多，他们很快就来到了岸边，安全登上了陆地。

温基国实在是太美了。越过田野，他们可以看到远处闪烁着银光的铁皮城堡。在河面上漂了这么长时间，大家早已休息够了，因而加快脚步，愉快地朝城堡奔去。

不一会儿，他们来到了一片辽阔的田野中，放眼望去，尽是金灿灿的百合花，芳香沁人心脾。

"这些花多美啊！"多萝西一边大声说，一边停下来欣赏着这些赏心悦目的美丽花朵。

"是很美，"稻草人若有所思地说，"但一定要小心，别踩到或碰坏了它们。"

"为什么呢？"奥乔问。

"铁皮樵夫心地善良，"稻草人回答说，"他憎恨任何有生命的东西受到任何的伤害。"

"花也有生命吗？"碎布姑娘问。

"当然啦，而且这些花都是属于铁皮樵夫的。所以，我们不能惹他，一朵花都不能踩到。"

多萝西说："有一次，铁皮樵夫不小心踩死了一只甲壳虫，他为此伤心得哭了起来，眼泪锈住了他的关节，使他不能动弹。"

"那他后来怎么办呢？"奥乔问。

"他给关节上了油，从此就又能活动自如了。"

"噢！"奥乔叫了一声，好像有了什么重大的发现，可他并没吱声，而是把这个想法藏在了心里。

虽然走了很长的路，但大家还是乐呵呵的，一点都不在乎。傍晚时分，他们来到了温基国国王奇妙的铁皮城堡前。奥乔和碎布姑娘以前从未见过，两人都看傻了眼。

温基国盛产白铁皮，温基人据说是天底下手艺最精湛的白铁皮匠，所以铁皮樵夫雇佣他们造出了一座如此宏伟的城堡，从地面一直到塔楼，全都是用白铁皮做成的。铁皮被擦得晶光锃亮，阳光一照，比白银还要灿烂辉煌。城堡周围是一堵铁皮墙，墙上有好几个铁皮城门，城门常年敞开，因为国王没有敌人，不怕干扰。

一走进城堡内宽大的庭院，我们的几位游客便发现，让他们赞叹的东西实在是太多了。喷泉把一股股晶莹的泉水喷入高空，许多铁皮做成的花圃里花卉栩栩如生，和自然界的鲜花毫无二致。就连树木也是铁皮做成的，到处可见阴凉的铁皮凉亭，里面

摆着铁皮长凳和铁皮椅子，供人们休息。通往城堡前门的道路两旁，竖立着一排排的铁皮雕像，做工惟妙惟肖。奥乔认出雕像中有多萝西、托托、稻草人、奥兹国的巫师、邋遢人、南瓜头杰克和奥兹玛。这些雕像下面都有一个光洁的铁皮底座。

托托对铁皮樵夫的城堡很是熟悉，相信他们一定会受到热情的迎接，所以噔噔跑在最前面，对着城堡前门一阵猛叫。铁皮樵夫听出了他的声音，赶忙亲自前来开门。铁皮樵夫和稻草人热烈拥抱，然后转过身，将多萝西揽在了怀里。与此同时，他的目光被奇特的碎布姑娘吸引住了，他目不转睛地看着她，流露出惊讶但又不乏赞赏的眼神。

第二十七章

铁皮樵夫的反对

铁皮樵夫是奥兹国的一位重要人物，虽然贵为温基国的国王，但还是效忠于统领整个奥兹国的奥兹玛。他们两个私底下更是非常要好的朋友。铁皮樵夫很注重自己的外表，总是把自己的铁皮身体擦得闪闪发光，时常给铁皮关节上油。他谦恭有礼，文质彬彬，和蔼可亲，深受人们的喜爱。国王热情友好地欢迎奥乔和碎布姑娘的到来，把他们领进自己气派堂皇的铁皮客厅中。这里所有的家具和画都是铁皮做成的，四面墙上都镶着铁皮，天

花板也是铁皮的，垂挂着铁皮枝形吊灯。

　　铁皮樵夫最想知道的是多萝西在哪里认识了碎布姑娘。客人们你一言我一语地讲述了碎布姑娘的来历、玛格洛特和南奇叔叔的不幸遭遇，还有奥乔为了驼背巫师那张神奇的秘方出来寻找几样东西的事情。最后，多萝西讲了他们在奎德林的奇遇以及如何获得了黑井里的水的情形。

　　铁皮樵夫坐在安乐椅中，津津有味地听着小姑娘讲他们的奇遇，其他人都围坐在他的身旁。奥乔的目光一直停留在铁皮国王的身上。这时，他注意到国王的左膝关节下慢慢渗出一小滴油。他两眼紧盯着那滴油，心怦怦直跳。他把手伸进口袋，掏出一只水晶的小瓶子，悄悄地紧握在手中。

　　不一会儿，铁皮樵夫换了个坐姿。奥乔立刻从椅子上跳起来，把手中的水晶瓶凑到国王的膝关节下。大伙见状，不由得大吃一惊。与此同时，那滴油滴落下来，正好掉进奥乔手中的瓶子里。他立刻用软木塞把瓶口塞紧，然后满脸通红地站起身，尴尬地面对着大家。

　　"你这是在干吗呢？"铁皮樵夫问。

　　"我把从你膝关节处滴下的一滴油接在了瓶子里。"奥乔诚实地回答说。

　　"一滴油！"铁皮樵夫大声说道，"天哪，我的贴身男仆今天

早晨给我加的油。真是太不小心了。我一定责罚他。让我这样滴油，成何体统！"

"不要紧的，"多萝西说，"奥乔正需要这滴油呢。"

"确实如此，"芒奇金男孩说道，"我真的很开心。驼背巫师让我找的其中一样东西就是活人身上的一滴油。本来我也觉得很纳闷，到哪里去找这东西呢？现在可好了，我已把它收在小水晶瓶里了，总算是解决了问题。真是太谢谢你了！"

"不必这么客气，"铁皮樵夫说，"你要找的那些东西都找齐了吗？"

"还没呢，"奥乔回答说，"总共有五样东西，我已找到了四样，它们是迷糊兽尾巴尖上的三根毛、一棵六叶草、一吉耳黑井里的水和活人身上的一滴油。最后一样最容易找到。我相信，我

亲爱的南奇叔叔和善良的玛格洛特很快就能活过来了。"

芒奇金男孩踌躇满志，非常兴奋。

"太好了！"铁皮樵夫说，"祝贺你。可要配齐那张秘方，必须有五样东西，最后一样又是什么呢？"

"一只黄蝴蝶的左翅膀，"奥乔说，"在这个黄色的世界里，有你的友好帮助，我相信很快就能找到黄色蝴蝶的。"

听到他的话，铁皮樵夫大为震惊，瞪大双眼看着奥乔。

"你真会开玩笑！"他说。

"我没有开玩笑，"奥乔惊讶地回答说，"我是认真的。"

"但你有没有想过，不管是你，或是其他任何人，我怎么会允许你们扯下一只黄蝴蝶的左翅膀呢？"

"为何不允许呢，先生？"

"为何不允许？你居然问出这样的问题。这样做太残忍啦——这是我听说过的世界上最惨无人道的行为了，"铁皮樵夫断言道，"蝴蝶是最美丽的生物之一，它很怕疼。对它而言，扯掉一只翅膀就是一种痛苦的折磨，没多久就会痛死的。如此邪恶的行为，无论如何我是不容许的！"

听得此言，奥乔一时语塞，多萝西也是脸色凝重，非常不安，可她明白，铁皮樵夫说得全是实话。稻草人一边听，一边点头表示赞成。很显然，他完全同意铁皮国王的决定。碎布姑娘则是左看看，右瞅瞅，一脸的迷惑。

"谁会在乎一只蝴蝶呢？"她问。

"难道你不在乎吗？"铁皮樵夫问。

"我眼睛都不会眨一下的，因为我没有心，"碎布姑娘说，"奥乔是我的朋友，我会帮他救他心爱的叔叔。只要他能救活他的叔叔，就是杀十几只没用的蝴蝶，我也不在乎。"

铁皮樵夫遗憾地叹了口气。

"你有仁慈的天性，"他说，"如果有心的话，你一定是位好姑娘。你说出这样无情无义的话，我不会责怪你的，因为你不能明白有心人的感受。比如我吧，当初奥兹国那位了不起的巫师给了我一颗灵巧又有责任性的心，所以，我决不、决不、决不允许任何一只可怜的黄蝴蝶受到一丁点儿的折磨。"

奥乔伤心地说："在全奥兹国，只有在温基国这个黄颜色的地方才能找到黄蝴蝶。"

"这样才好呢，"铁皮樵夫说，"由我管理温基国，就能保护好我的蝴蝶。"

"我弄不到黄蝴蝶的翅膀——就一只左翅膀——"奥乔惨兮兮地说，"就救不了我叔叔了。"

"那他只能永远做一尊石像了。"铁皮国王说，语气还是那么坚定。

奥乔擦了擦眼睛，他实在忍不住了，眼泪扑簌簌地滚落下来。

"我有个办法，"碎布姑娘说，"我们把一只完整健康的活蝴蝶带给驼背巫师，让他去扯蝴蝶的左翅膀。"

"不行，你们不能这么做，"铁皮樵夫说，"我不允许你们这样对待我的蝴蝶，一只都不行。"

"那我们到底该怎么办呢？"多萝西问。

大家陷入沉思，好大一会儿都没人开口。铁皮樵夫突然精神一振，说道：

"我们都回翡翠城去，听听奥兹玛的意见。她是个绝顶聪明的姑娘，又是一国之君，一定会有办法帮奥乔救活南奇叔叔的。"

于是，第二天一早，一队人踏上了前往翡翠城的征途。一路上没有遇到任何险情，因而非常顺利地到达了翡翠城。途中奥乔闷闷不乐，因为没有黄蝴蝶的翅膀，他就没有办法救活南奇叔

叔——除非再等上六年，让驼背巫师炼制出新的生命之粉。小男孩气馁极了，一路上总是唉声叹气。

"你哪里不舒服吗?"铁皮樵夫问。他虽贵为国王，但没有搞什么特殊。

"我是不幸儿奥乔，"小男孩回答说，"我早就知道，不管做什么事，我都不会成功的。"

"你为何叫不幸儿奥乔呢?"铁皮樵夫问。

"因为我出生在星期五。"

"星期五就不幸了吗?"国王问，"它只是七天中的一天。照你这么说，全世界有七分之一的人都是不幸的啦?"

"那天正好又是十三号。"奥乔说。

"十三号! 噢，那可是个幸运数啊，"铁皮樵夫说，"我的好运气似乎都是在十三号那天发生的。我想，大部分人即使在十三号碰到了好运气，也是不会注意这个数字的，可要是在这一天稍有不顺，就会责备这个数字不吉利，而不是去寻找真正的原因。"

"十三也是我的幸运数。"稻草人说。

"我也是，"碎布姑娘说，"我头上真好有十三块碎布片。"

"可是，"奥乔又说道，"我还是个左撇子。"

"许多伟大人物可都是左撇子啊，"铁皮国王说道，"左撇子的人一般两只手都很灵活，而惯用右手的人并不如此。"

“我的右胳膊下还长了个瘊子。”奥乔说。

“你多幸运啊！”铁皮樵夫大声说道，“如果长在鼻尖上，也许是一种不幸，可它长在你的胳膊底下，一点都不碍事。你真的幸运极了。”

“就是因为这些，”芒奇金男孩说，“人家才叫我不幸儿奥乔。”

“那从现在开始，你就叫幸运儿奥乔了，”铁皮樵夫宣布道，“你刚才说的每一条理由都是很荒谬的。根据我的观察，那些担心交霉运的人总是怕这怕那，患得患失，就是好运来了也是抓不住的。所以你要下定决心，做个幸运儿奥乔吧。”

“我哪做得了啊，”小男孩说，“我连心爱的叔叔都救不了。”

“不要放弃，奥乔，”多萝西劝慰道，“谁都不知道下一步会发生什么。”

奥乔没有回答，他实在是灰心丧气，甚至到了翡翠城，也提不起半点精神来。

铁皮樵夫、稻草人和多萝西在翡翠城都深受人们的喜爱，所以一看到他们，大家齐声欢呼，欢迎他们的到来。一走进王宫，便传来奥兹玛的话，说马上要来接见他们。

多萝西禀告女王他们如何成功找到了需要的东西，只是在黄蝴蝶的事情上出了点问题。因为铁皮樵夫不愿牺牲黄蝴蝶来做那

张秘方的配料。

"他做得很对，"奥兹玛毫不惊讶地说，"如果奥乔早些告诉我他要找的东西里有一样是黄蝴蝶的翅膀的话，我就一定会告诉他，他是得不到的，这样你们就能省去许多麻烦，不用来回折腾了。"

"走这些路根本就不算什么，"多萝西说，"一路上还是很有趣的。"

奥乔说："看来我找不齐驼背巫师要我找的东西了。要让叔叔活过来，我只能再等上六年，让驼背巫师炼制出新的生命之粉。"

奥兹玛微微一笑。

"我跟你说，皮普特博士再也不会炼制生命之粉了，"她说，"我已经派人把他请来，这会儿正在宫里呢。他的四个水罐已被砸坏，《秘方大全》也已被烧毁。我还命人把你叔叔和玛格洛特的石像搬了过来，已安放在隔壁的房间里。"

听得此话，大家都大吃了一惊。

"噢，真的吗？快让我去见南奇叔叔！我现在就要看到他！"奥乔急切地大叫起来。

"等一下，"奥兹玛对他说道，"我还有话要说呢。在奥兹国，无论发生什么事情，都逃不过我们英明的好女巫葛琳达的法眼。

她完全知道皮普特博士在施魔法，知道他如何让玻璃猫和碎布姑娘获得生命，知道南奇叔叔和玛格洛特的不幸遭遇，也知道奥乔和多萝西的外出寻访。葛琳达还知道奥乔找不齐要找的东西，所以她派人叫来我们奥兹国的巫师，对他下了一番指示。待会儿，这宫里将有奇迹发生，相信这奇迹一定能让你们皆大欢喜。"女王从椅子里站了起来，"现在，你们跟我一起到隔壁房间去吧。"

第 二十八 章

神奇的奥兹巫师

奥乔一进入房间，便飞奔到南奇叔叔的石像前，深情地亲吻着那张大理石脸。

"我已经尽了最大的努力，叔叔，"他哽咽地说，"可还是不行！"

他退后几步，环顾四周，惊讶地发现屋里挤满了人。

除了南奇叔叔和玛格洛特的石像外，他还看到了蜷伏在一张小地毯上表情严肃的玻璃猫，方方正正坐在那里的迷糊兽，身穿乱毛蓬松、豆绿色缎

子衣服的邋遢人，以及坐在桌子旁、俨然一位大人物的小个子巫师。看那巫师的神情，好像他知道许多机密。

奥乔最后看到的是皮普特博士，只见他的身体弯成了一个弧形，坐在一把椅子里，一脸的沮丧，两眼紧盯着毫无生命气息的妻子玛格洛特僵硬的身体。他是多么爱她，可现如今恐怕是要跟她永别了。

杰莉雅·詹布推来一把椅子。奥兹玛坐下来，后面站着稻草人、铁皮樵夫和多萝西，当然还有胆小狮和饥饿虎。奥兹巫师站起来，对奥兹玛深深鞠了一躬，又对其他在场的人点头示意。

"女士们，先生们，走兽们，"他说道，"请允许我向各位宣布：经我们仁慈的女王的许可，由我来执行好女巫葛琳达的几项命令，鄙人很荣幸当上了她的助手。我们发现，一直以来，驼背巫师无视法律，沉湎于实施自己的魔法。因此，奉女王之令，我将废掉他的一切法力，使他今后无从做法。从今往后，他将不再是驼背巫师，只是一位普普通通的芒奇金人，他也不再是个驼背，而是一位跟其他人一样的正常人。"

说到这里，那巫师对着皮普特博士挥了下手，博士原本弯曲的身体一下子舒展开来，直挺挺的，完全跟正常人一样。皮普特博士高兴地大叫一声，猛地纵身一跃，惊奇地打量着自己的身体，好一会儿才又重新坐回到椅子里，如痴如醉地看着小个子巫师。

巫师继续说道："皮普特博士非法制作的玻璃猫很是漂亮，但它总是因那粉红色的脑子而自高自大，目空一切，招人讨厌，算不上是位好伙伴。所以，前几天我取走了它粉红色的脑子，换上了透明的。现在，玻璃猫变得非常谦逊有礼，行为端庄，奥兹玛决定把它收养在宫中。"

"谢谢你了。"那猫儿柔声说道。

"迷糊兽用行动证明了自己的高尚品格，是位忠实的朋友，"巫师继续说道，"所以，我们决定送它去宫廷动物园，在那里它可以得到精心照看，一辈子吃喝不愁。"

"非常感谢，"迷糊兽说，"这要比困在人迹罕至的森林中挨饿强多了。"

"至于碎布姑娘，"巫师接着说道，"鉴于她聪明漂亮，脾气温和，我们仁慈的女王打算把她作为奇妙的奥兹国的一件稀世珍品妥善保护起来。碎布姑娘可以住在宫里，或者爱住哪儿就住哪儿。她不会是任何人的女仆，一切都由她自己做主。"

"真是好极了。"碎布姑娘说。

"一直以来，我们都很关心奥乔，"小个子巫师继续说道，"他很爱他那位不幸的叔叔，为了救他，奥乔能勇敢地面对各种各样的危险。这位芒奇金男孩有一颗忠诚宽厚之心，他竭尽最大努力救他的叔叔，虽然没有成功。可世上还有比驼背巫师更有本

领的人，还有更多的办法可以破解石化液的法力。好女巫葛琳达告诉了我一个办法，现在你们知道了，我们无与伦比的好女巫的学识和法力有多强大。"

说到这里，巫师走到玛格洛特的石像前，施了一个魔法，嘴里同时低声念着谁都听不清楚的咒语，博士夫人立刻动了起来，面对眼前这么多的人，惊讶地左顾右盼。当她看到皮普特博士时，便跑上前，一头栽进向她展开双臂的丈夫的怀里。

紧接着，巫师来到南奇叔叔的石像前，施了魔法，念了咒语。老芒奇金立刻活了过来，对着巫师深深鞠了一躬，同时说道："真是太谢谢了！"

这回轮到奥乔冲了过去。他欣喜若狂地张开双臂，将叔叔紧紧抱住，老人温和地抱住小侄子，抚摸着他的头发，用手帕擦掉小男孩的眼泪。此时的奥乔已是幸福得泪流满面了。

奥兹玛走上前，对他们表示祝贺。

"亲爱的奥乔和南奇叔叔，我已送给你们一座漂亮的房子，就在翡翠城外不远的地方，"她说道，"你们今后就住在那里，一定会得到我的庇护的。"

"我不是说过吗？你是幸运儿奥乔。"铁皮樵夫说道。大伙一起围过来，和奥乔握手。

"是的，真的是这样的！"奥乔满怀感激地说道。

THE END